文春文庫

江戸染まぬ

青山文平

文藝春秋

目次

江戸染まぬ

つぎつぎ小袖

わたしは気鬱《きうつ》や気煩《きわずら》いとは縁遠いほうらしい。

御旗本の末席に連なる良人《おっと》からは「大雑把《おおざっぱ》」と言われることがある。「ま、物事に頓《とん》着《ちゃく》しない分、頼り甲斐もある」と。

さすがに、「大雑把」は言い過ぎではなかろうかと思うのだが、同様の趣旨を口にするのは良人だけではない。

親類縁者や親しくしてもらっている同役の妻女からも「話していると気が楽になる」とか、「そのくらいでも済んでしまうのね」などと歎息を交えて語られたりするので、ま、当たらずといえども遠からずと受け止めねばならぬのだろう。

そんなわたしでも、今年七歳になった長女のこととなると俄《にわ》かに小心になり、禍《わざわ》いの気配を察すればとたんに恐々とする。三歳年嵩《としかさ》の長男についてはさほどでもないので自分でも不思議だ。

長男はなにしろ、小禄とはいえ御目見《おめみえ》ではある我が家の跡取りなわけだし、男女《おとこおんな》のちがいはあれ、器量だって明らかに長女よりよい。女親としてどちらがかわいいかと問われれば、どう已れに素直になっても長男なのだ。なのに、常に気にかかるのは長女のほうなのである。

想うに、おそらく理由のひとつはその器量のちがいゆえなのだろう。

通常、娘は男親に、息子は女親に似て生まれつくとされる。が、我が家では逆で、長女はわたしに、そして長男は良人に似た。

で、長男は貧乏旗本の嗣子《しし》であるにもかかわらず大身《たいしん》旗本の御曹子《おんぞうし》の雛形《ひながた》のごとくすっとして、いっぽう長女のほうはどうにもぱっとしない。

ごく近しい者は「逆だったらよかったのにね」などと赤裸《せきら》に言うが、もちろん、わたしはうなずかない。

男の兄に、器量において遥かに差をつけられた妹の気持ちというのは痛いほどわかる。誰あろう、わたしもそうなのだ。

わたしの場合は世間の説の通りわたしが父似で兄が母似なのだが、ともあれ、わたしは物心ついたときから始終、男のくせに美し過ぎる兄が醸《かも》す圧迫に脅《おびや》かされていた。せめて性格くらいわるければ引け目を憎しみに変えることもできたのだろうが、もろもろ恵まれて生まれついたゆえなのか心延《こころば》えだって申し分ない。見栄えに釣り合って人柄もすっとしていて、わたしを含めて誰にも優しい。

で、わたしはいよいよぎゅっと押し潰《つぶ》されて育った。あるいは、わたしが「大雑把」になったのも、頭の上から退《の》こうとしない漬物石を忘れようとしつづけたせいなのかもしれない。

だから、父親の同役から婚期遅れにもならずに縁談話が持ち込まれて、いまの良人と初めて顔を合わせたときは驚きと安堵《あんど》が綯《な》い交《ま》ぜになった。

ほんとうに目の前に座している若侍が自分の相手なのかと上気《じょうき》しつつも、これで娘が生まれても救われると安堵した。

なのに、生まれた子はわたしに似ていた。

思わず口に出てしまったのだろう、産後でまだ臥せっていた頃に姑《しゅうとめ》の発した「子供の顔は変わるから」という言葉にわたしは甚《いた》く傷ついた。誰よりもわたしが、変わってくれたらいいと願っていたし、そして、誰よりもわたしが、変わることがないのを識《し》っていたからだ。

以来、わたしの気は、誰よりもかわいい長男を差し置いて、長女に向けられることになった。

物心ついてからは兄との差に気づく萌《きざし》を常に測って、せめて、長女の幼ない気持ちの揺れに添おうとした。わたしだけは味方にならねばと気負っていたのだろう。

もっとも、わたしと比べれば、長女はまだ恵まれて生まれついた。

顔貌《かおかたち》はわたしとそっくりだったが、肌が似ていなかった。文字どおり抜けるように白くて、肌理《きめ》が細かかったのである。

その美しさは親なのに妬《ねた》ましいほどで、目を遣《や》るうちにくすんだ顔貌はどっかへ行って、この肌さえ持っていれば頭の上の漬物石とは無縁に生きてゆけるのではないかと、独り取り残されたような気分になってくる。

その心持ちはいっぽうで、こんなにきれいな肌を与えてやったのだからわたしがそこまで負い目を抱かなくともよいのではという赦《ゆる》しにつながって、重くなるばかりの気分を幾分なりとも軽くしてくれる。

それだけにわたしは、その赦しを損《そこな》うかもしれぬもろもろを恐れた。

なかでも最も恐れたのは疱瘡《ほうそう》である。

〝疱瘡は見目《みめ》定め、麻疹《はしか》は命定め〟と言われるように、たとえ一命をとりとめても肌に瘡蓋《かさぶた》の跡が残る。

瘡蓋は小さいほうからアズキ、マメ、タコノテ、ツタ、ブドウなどと分けられていて、マメまでならまだどうにかなるとされているようだが、冗談ではない、わたしはアズキどころか米粒だって芥子粒《けしつぶ》だって許せない。

その上、麻疹が以前にいつ流行《はや》ったのかを忘れてしまうくらいあいだを空けてやってくるのに対して疱瘡は毎年でも襲ってくるから、わたしは「ほぅ」という音を耳にするだけで「大雑把」なわたしとは別人になる。

わたしとしては、江戸に疱瘡が出てからではもう遅い。いや、武蔵《むさし》に出てからでは遅い。相摸《さがみ》や甲斐《かい》、上総《かずさ》、下総《しもうさ》などから一報が入った時点で備えにかかる。

むろん、わたしの備えが通り一遍であるはずもない。

まず、日頃からできることはやっている。苦しいときの神頼みではなく、疱瘡の神様の御札《おふだ》を頂いて年中一日も欠かさずにお願いしている。

それも、いろいろな神様を同居させずに芋神《いもがみ》だけを祀《まつ》っているお宮を足を棒にして見つけ出して頂いてきた御札だ。片手間の神様ではない。

疱瘡が嫌うとされる犬にしても俄かに張子《はりこ》などを置くのではなく、ちゃんとわんわんと鳴く本物を飼っている。実はわたしは小さい時分に咬《か》まれたことがあって、犬が苦手なのだが、大事に飼っている。邪険にして怠けられでもしたらたまらない。

その上で、表に通じる戸という戸に赤絵を貼り、江戸では手に入りにくい干し鱧《はも》を神棚に捧げて、疱瘡の解熱に効くというホトトギスの黒焼きをあらかじめ含ませ、六日に一ぺんほどは糸瓜《へちま》を合わせた兎《うさぎ》を外の七輪《しちりん》で煮て食べさせる。

備えの仕上げはつぎつぎ小袖で、疱瘡が武蔵の境を越えたと聞くや、七家の親類に声を掛ける。

それぞれに布を用意してもらって、持ち回りで一枚の小袖を仕立ててもらうのだ。

次々と受け渡していくからつぎつぎ小袖なのか、布を継いでいくからつぎつぎ小袖なのかはわからぬが、これが我が一族で疱瘡除《よ》けの備えの仕上げとして伝わっているのは、詰まるところ、自分の家だけでは成しえないからだろう。

ひとつの家が内々で成しうる事の大変さにはおのずと限りがある。

親類とはいえ、七つの他家の助力を頼んで一事をまとめるとなると、大変さの程《ほど》が変わる。

頭の下げ方ひとつをとっても一様では済まない。

七家ともなれば、その時々のそれぞれの事情がある。重い疱瘡にかかって生きるか死ぬかの瀬戸際であれば、まとまらぬものもまとまるやもしれぬが、まだかかる前であればそれぞれの家の事情が先に立つ。

親類だからといって、「お互い様」がいつも効くとは限らない。そして、だからこそ、つぎつぎ小袖が備えの仕上げになる。

あるいは落ち着いて針を動かしてなどいられない事情があるかもしれぬ家に、無理を言って動かしてもらう大変さを引き受けるからこそのつぎつぎ小袖なのだ。

我が家で行き来のある親類はちょうど七家で、つまりは、すべての親類の助けを得なければならないことになる。数あるなかから頼みやすい家を選ぶわけにはゆかない。七家のうち、頼めばいつも笑顔で応《こた》えてくれる仏様のような家は一軒しかない。またか、という顔はされるが結局は引き受けてくれる家が二軒、まだ流行ってはいないのだから小袖を仕立てるまでもないだろうと必ず口にする家がいちばん多くて三軒、残る一軒はすでに子がみな大きくなって疱瘡の恐れがなくなったからか最初は決まって断わられる。

大変だからこそのつぎつぎ小袖、を絵に描いたような、とまではゆかぬものの、気易《きやす》く足を向けにくい顔ぶれではあるのだ。

で、「大雑把」ではなくなったわたしは想わず臆したりしつつも、この難儀こそが疱瘡を除ける力になるのだと、己れを叱咤《しった》し、鼓舞《こぶ》して、これまでなんとかつぎつぎ小袖を得てきたのだが、この冬に限ってはまだ手にできずにいる。

けっして疱瘡がおとなしくしているわけではない。

すでに相模と武蔵を分かつ境川《さかいがわ》を渡り、さらに玉川《たまがわ》をも越えている。

なのに、わたしは、最後のひと押しができない。

例年のわたしなら切羽詰まって大騒ぎしているにちがいないのに動かない。

今年はとりわけ、臆してしまう事情があるのだ。

七家をどういう順番で回るかはすでに定まっている。

思案のしどころは、仏様のような家をどこに据えるかだった。

真っ先に訪ねて弾みをつけるのか、真ん中に配して中休みをとるのか、それとも最後にとっておいて仕立て上がった一枚を気持ちよく受けとるのか……。幾度か試して落ち着いたのは、真っ先に訪ねる順だった。

やはり、小心になったわたしに弾みをつける力は大きかった。

なのに、この冬は、仏様のような家をいちばん最後に回した。

そして、まだ、訪ねていない。今日こそは、今日こそはと念じつつも、なんのかのと理由を見つけては引き延ばしている。

仏様の前で滞《とどこお》っているわけではない。六家の女の手を経たつぎつぎ小袖はすでにわたしの手元にある。

臆して頼みにくいはずの六家を先に回り、いまだ慣れずにいる難儀なやりとりをこなして、あとは仏様が最後の仕上げにかかるのを待つばかりになっている。

にもかかわらず、わたしの足は仏様の家に向かおうとしない。

実は、仏様の家が怖い。

いつも笑顔で応えてくれた仏様に、今年のわたしは最も臆している。

理由は、わたしにある。

三月《みつき》ほど前、わたしが仏様からの借財の申し出を断わったことにある。

ほんとうなら、拒むことなどありえない。

頼めばいつも快諾してくれる仏様だ。どんな算段をつけてでも応じなければならない筋合いなのだ。

借財せねばならぬ事情もわかり過ぎるくらいわかっている。

仏様の家には跡取りの長男の他に娘が三人いて、三年前に長女を、昨年次女を、そして今年、末の娘を嫁に出した。

これがどんなに怖い話かは小禄の武家ならばたちどころに察する。

武家の娘の嫁入りには持参金がつきものだ。相手の家の格によって、相応の額を用意しなければならない。

だから、玉の輿《こし》に乗ることができるのは家がまだ持参金で疲弊《ひへい》していない長女のときだけで、次女、三女となると、持参金を節約するためにあえて格下の家を嫁入り先に選ぶのが当たり前になっている。

それでも小さくはない額だから、四年のあいだに三人嫁に出したなどという話を耳にすると、もう、誰もがぞっとする。

できぬ借金を重ねに重ねているのは、想像するまでもない。

幕臣の夜逃げはめずらしくもないから、話を聴きつつ不穏な想いに胸が騒ぐ。

だから、本来なら仏様が口に出す前に、こっちから気を利《き》かして助《す》けなければならないのだ。

なのに、わたしは首を縦に振らなかった。

いや、振れなかった。もう、どうにも、算段が利かなかった。

幕臣の扶持米《ふちまい》は三回に分けて受け取る。春夏の借米《かりまい》と冬の切米《きりまい》だ。

仏様が借財を申し出たのは冬切米の前で、いちばん手許不如意《てもとふにょい》の時期だった。

でも、首を縦に振れなかったのはそのせいじゃあない。

冬切米の後だって振れなかった。

我が家もまた、どっぷりと借金に浸かっていたからだ。

本来なら、わたしはその大借金の理由を縷々《るる》述べて、仏様に赦してもらわなければならなかった。

断わるならば、言い訳を並べなければならない。借財を断わった上に、言い訳もしなかったら、相手を二度拒む。

どんなにみっともなくとも、潔《いさぎよ》くなくとも、どうしても頼みに応じられない理由をくどくどと述べなければならぬ。

相手はひどく落胆している。想いを切って言い出した言葉が空を切って、惨めな気持ちになっている。そして、堕《お》ちた深井戸の底から這い上がる蔓《つる》を探している。

その蔓が言い訳だ。

くどくどしく、見苦しく、煩《うるさ》いほどよい。

もう、いいわよ、と、怒り出したくなるくらいの言い訳こそが蔓になる。ひたすら怒っているはずなのに、なぜか怒りの底から〝仕方ない〟という文句が湧き出てくる。

なのにわたしは、言い訳を言えなかった。大きなお金を借りた理由を言えなかった。

わたしはお金を融通することができなかった上に、蔓さえ差し伸べられなかった。

わたしの理由は仏様の理由の重さとまったく釣り合いが取れず、そんな理由で借財したとは口が裂けても言えなかったのだ。

といっても、芝居見物にかまけたのでも、衣装道楽に耽《ふけ》ったのでもない。

もとより、そんなことに回せる金子《きんす》はないし、したいとも思わない。

わたしの借財はつまり、良人と関わっている。

有り体《てい》に言えば、良人にいい顔をするために借財をした。

わたしの良人は武官の番方《ばんかた》を務めている。そういう家に生まれついた。番方でもいちばん末席の、歩行の士だ。

でも、本人は武よりも文が合っているようで書を好み、返り点の付いていない漢籍《かんせき》を自在に読みこなす。口にこそ出さぬが、いずれはそっちのほうで身を立てたいと思っているようだ。

暇ができると外神田《そとかんだ》から下谷《したや》にかけて建ち並ぶ書肆《しょし》をうきうきした様子で回り、あれこれと物色《ぶっしょく》している。

といっても漢籍は目が飛び出るほど高直《こうじき》なので、もっぱら見るだけなのだが、この秋、良人によれば店に並べられたのが奇蹟のような漢籍と出逢って、夢現《ゆめうつ》つになった。寝ても醒めても、浮かぶようになった。

貧乏旗本の妻からすれば、とんでもない迷惑なのだろうが、わたしはそうではない。

わたしは書を好む良人が好きである。

一度、どういう成り行きだったのか書肆巡りに付いて行ったことがあって、わたしはわたしがいることなどすっかり忘れて物之本《もののほん》に目を注ぎつづける良人の姿に惚れ惚れした。それまで、そんな武家を見たことがなかったのである。

たまに見かけても、手にしているのはおもしろおかしい絵入りの地本《じほん》ばかりで、わたしが覗いてもちんぷんかんぷんの本に嬉々《きき》としている武家は初めて見た。

その日以来、良人の好むものはわたしの好むものになったのだが、好んでも買えないものは買えない。

好むものを買っていたら、我が家だって夜逃げだ。

わたしは心を鬼にして良人の気持ちを察しない妻でありつづけた。良人も堪《こら》えていたのだろうが、わたしとて堪えた。

その我慢が、良人が心を奪われた様子に弾けて、なんとしても二十巻を超える漢籍だけは求めたいと念じた。

わたしはすっかり痩《や》せ細った持参金の残りをはたき、それに数倍する借財をして、御《お》成道《なりみち》沿いの書肆へ向かい、まだ売れずにいた二十数巻に安堵して、屋敷へ届けてくれるように頼んだ。

出過ぎた、とは思わない。代々の小禄旗本だ。活計《たつき》のこととなると、良人はすっかり己れを抑える癖《へき》が身についている。

欲しかった書籍が店先から消えているのを見ると、安堵が落胆を上回るらしい。これで買わずに済むと、ほっとするのだそうだ。

買えぬと知り抜いていても、あれば、手に入れなければならぬという想いに責められる。なければ、買おうとしても買えないから、責めから解き放たれる。

焦《こ》がれた本ほど消えるのを願う良人に用立てた金子を渡せば、受け取らないのは目に見えていた。

届いた当日、玄関に積まれた漢籍を認めると、良人はふっと遠くを見るような目をしてから袴《はかま》も着けずに、あたふたと表に出ようとした。

わたしは慌てて「袴を！」と叫んだ。幕臣が着流しで門を潜るのは下着で表へ出るようなものだ。

「急いでくれ」

心ここに在らずの風の良人に「どちらへ？」と尋ねると、「書肆へ行く」と答える。

「なにやら手ちがいがあったらしい」。

後から聞いた話では、あのとき良人は、欲しい想いが嵩《こう》じて、已れがそうと意識せぬままに注文をしてしまったのだと思い込んでいたらしい。

「こんなことを、ほんとうに自分がしでかすのだと思いつつ、取り消しに行くところだった」

自分は頼んでいないのに、とは露《つゆ》ほども考えなかったようだ。

そういう良人に、わたしは努めておもむろに言った。

「よろしいのです！」

気《せ》が急いている良人はそれどころではない風で応えた。

「なにがよろしいのだ？」

急いで袴を穿《は》こうとするものだから、かえって手間取る。

「ですから！」

想わずわたしは声を張った。

「家にあってもよろしいのです」

「だから、なにが、だ」

ようやく袴を着け終えて問うた。

「あの漢籍でございます。家にあってよろしいのです。買い求めました」

それでも良人が事情を得心《とくしん》するまでに四半刻《しはんとき》はかかったが、ようやく喜びを抑えつつも綻《ほころ》んでしまう顔を目にしたときは女冥利《おんなみようり》に尽きた。

わたしは得意そのもので、だからこそ臆した。

わたしの借財の額はおそらく娘三人分の持参金を上回ると想うが、わたしの理由はいかにも軽く、生きるという天秤《てんびん》に掛ければ、受け皿が跳ね上がるのは明らかと思えた。で、わたしは言い訳を言えず、それが尾を引いて、いま、こうして仏様の家へ足を運ぶことができずにいる。

あのときは悔いも疑いもしなかったが、いまは悔いも疑いも含めてもろもろの想いが頭をもたげている。

あの金子がなければ難なく仏様を助けられたのだと想い、なんであんなことができたのだろうと想い、あれは良人への媚《こ》びだったのかと想ったりする。

くすんだ顔貌の女の常で、いい男に弱いのは否めない。

夜逃げをしかねないところまで追い詰められている相手に、漢籍を買って首が回らないなど、どうあっても言えないとだけ思っていたが、そうではなく、已れの媚びをわかっていたから言えなかったのかもしれない。くすんだ女だからといって、いや、くすんだ女だからこそ媚びを売ってはならないと、ずっと已れに言い聞かせて大きくなったはずなのに因果なものだ。

どうしよう。

衣桁《いこう》に掛けた片袖のない小袖に目を遣って、わたしは想う。

いっそ今年はあきらめようかと想い、すぐに、そんなことできるわけないではないかと想う。

臆して悶々《もんもん》とするうちに、わたしの怖れるものはいつしか変わっていった。瘡蓋の跡で頭のなかがいっぱいになっていたはずなのに、命を怖れるようになった。

あきらめるわけにはゆかない。

実は、〝疱瘡は見目定め、麻疹は命定め〟はまちがっている。

命定めもまた疱瘡なのだ。

麻疹で命を落とす者より、疱瘡で落とす者のほうがずっと多い。なのに、なんで、麻疹が命定めになっているかというと、軽く見ないためらしい。

命を脅かす病としては疱瘡よりも弱いし、流行りもほぼ二十年あいだを空ける。おのずと昔の病として扱いがちだ。

けれど、治療をおろそかにすれば麻疹とて落命につながる。

だから戒《いまし》めのために命定めに据えたようだが、人が多くて病が流行りやすい江戸で暮らせば、見目定めも命定めも疱瘡なのはみんな思い知らされている。

それが証拠にというか、市中に疱瘡の神様はいても麻疹の神様はいない。いても、疱瘡の神様を祀る寺社に居候《いそうろう》している。

わたしとて、芋神様に手を合わせていたとき、瘡蓋の跡だけが胸にあったはずもない。命をとられぬよう祈っていた。

が、いまは順が逆になっている。

瘡蓋がどうでもよいわけではないが、まずは命だ。

命あっての瘡蓋なのではなく、とにかく命だ。

日々、そのように祈願していると、あるいは胸底《むなそこ》ではずっとそうだった気もする。

わかっていて、決まり文句に乗っていた気がする。

そして、これまでこうと思い込んでいたあれやらこれやらも、もしかするとちがうのではないかと思えてくる。

漢籍のことにしてもそうだ。

いまから振り返れば、あれは媚びなんぞではなかったのではないかと思える。

あれはわたしから良人への、恋文《こいぶみ》だったのではないか、と……。

わたしは良人に、「大雑把」ではないわたしを識ってほしかった。

「大雑把ではない」と言って欲しいのではなく、「大雑把」ではないわたしもまたいることを識ってほしかった。

わたしがどんなにきめ細かく、良人を好いているかを識ってほしかった。

わたしは良人の姿形に惹かれているが、それだけとはちがう。この家に入ってから、わたしはますます良人を好くようになっている。良人の様子に惹かれている。御役目への構え方、子への接し方、友との交わり方、書への向かい方、そして時折見せる弱さ、だらしなさ、それに貧乏性《しょう》……いちいち好ましい。

そうして溜まりにたまったものを、わたしは二十数巻の漢籍に放った。

きっと、仏様に言い訳ができなかったのも、だからなのだ。

借財の理由が悠長だからでも媚びを売ったからでもない。

言えなかったのは、あれが恋文だからだ。

秘すればこその恋文だったから、他人《ひと》には漏らせなかった。

封を切ることができなかった。

あれが恋文だからといって、仏様に赦してもらえるとは思えない。

切羽詰まった仏様の借財を撥《は》ねつけ、あまつさえ言い訳も言わなかった事実はなにも変わらない。

きっと、仏様はわたしに怒っているだけでなく、ずっと仏様をやっていた己れに憤《いきどお》って、仏の顔をかなぐり捨てているかもしれない。わたしの知らない顔の人になっているかもしれない。

頼みに行っても会ってくれないのではないか、会うことは会っても小袖を受け取ってもらえないのではないか、いや、受け取った上で、六家が縫った糸をばらばらに解《ほど》いてしまうのではないか、それでも足りずに仕立て上がるばかりになっているつぎつぎ小袖を引き裂いてしまうのではないか、あるいはあるいは、なにも手を着けぬまま長女が疱瘡にかかるまで放っておくのではないか……想いは千々《ちぢ》に乱れる。

片袖のないつぎつぎ小袖がいったいこれからどうなるのか、かいもく見えない。

でも、恋文と気づいて、なにも変わらないわけではない。

仏様には赦してもらえないかもしれないけれど、わたしが赦している。

わたしがわたしを赦している。

媚びなら赦せないけれど、恋文なら赦せる。

赦して、そして、褒めてあげたいくらいだ。

大きく声に出して、褒めてあげたい。

わたしだって、恋文が書けた。

大雑把で小心なわたしが三十を過ぎて、初めての恋文を書いた。

すごいじゃないか。

わたしは腰を上げて片袖の欠けた小袖を衣桁から外す。

膝を折って、念を入れて畳み、風呂敷に包んだ。

低い冬の陽《ひ》だが、まだ落ちるには間がある。

言い訳は言えないが、仏様の屋敷には行けそうだ。

仏様の家には大きなイロハモミジがある。

春には若芽が、初夏には新緑が、秋には紅葉が折々に励ましてくれた。すっかり目にしていないあの老樹にも無沙汰《ぶさた》を詫びたい。

いまは裸樹《はだかぎ》で、声は小さいだろうが、その小ささもまたありがたい。

包み終えて、腰を浮かそうとしたとき、長女が座敷に入ってきた。

小さい。

柔らかい。

人の重みを撒《ま》かない。

疱瘡でなくとも、ちょっとした拍子で掻《か》き消えそうだ。

想わずわたしは風呂敷包みを置いてぎゅっと抱き締める。

乳くさい匂いが押し寄せて、両の腕に力がこもった。

「いたい！」

顔は笑顔で、長女が言う。

「いたいか」

わたしも笑顔になってもっと力を加える。

「いたい、いたい」

「そうか、そうか」

腕をゆるめて長女の顔に目を遣る。

おでこを、ほおを、目が嘗《な》めていく。

あれっ。

と、わたしは思う。

目がもう一度、肌を嘗め回す。

やっぱりそうだ。

気のせいじゃない。

そんなに白くない。

そんなに肌理細かくもない。

きれいはきれいだが、わたしが想っていたほどじゃあない。

その代わり、そんなにくすんでもいない。

わたしはまた腕に力を送って言った。

「おでかけ、する？」

「する、する」

武家の女が外へ出るときは、供を連れなければならない。

でも、子供連れならば話は別だ。使用人抜きで、表を歩くことができる。

この子と行こう。

疱瘡や、麻疹や、嫁入りや、持参金や、器量や、御役目や、学問や、漢籍や、いろんなものがぐつぐつと入り交じったこの世とやらについっと分け入って、この子と生きていくのだ。

町になかったもの

店開きを祝う催しはとうに終わっているはずなのに、町の通りは人で溢れていた。

「衣川屋《きぬがわや》さん」

町年寄《まちどしより》を務める成瀬《なるせ》家の屋敷へ人波を縫って足を運んでいると、早速、声がかかって、晋平《しんぺい》は歩みを停める。

「成瀬様の御屋敷ですか」

声のする向きを見れば、同じ紙問屋の山中屋《やまなかや》達三《たつぞう》の笑顔があった。

「ええ」

きっと達三も呼ばれているのだろう、と想いつつ晋平は答える。元はといえば晋平と同様、紙漉《す》きを生業《なりわい》にしていたが、八年前、町が一介の村から在郷町《ざいごうまち》に成り上がったのを機にそれぞれが若くして地《じ》の紙問屋を起こした。張り合いはしても商売仇とは思い切れないのは、人がやろうとせぬことをやった者どうしだからかもしれない。

「催しには……？」

すっと肩を並べて歩き出しながら達三は言葉を足す。

「是非ともお祝い申し上げたかったのですが、どうしても外せない用向きがありまして」

催しに出ていれば紋付を着けている。晋平は縞柄《しまがら》の紬《つむぎ》だ。ひと目で催し帰りではないとわかるはずである。今日ならば、店開きの催しは時候の代わりになる。果たして、路往《みちゆ》くていのだろう。おそらくは、たしかめているというよりも挨拶代わりに問いかけ人のどれほどが町の目抜き通りにその店が加わった意味を正しく捉えているかはわからぬが、ともかく盛大に慶《よろこ》ぶべき日らしいとは感じ取っているようだ。

「手前もです」

達三もまた紬姿で言う。

「しかし、まあ、どう言ったものか……」

そして、ふっと往来に目を遣《や》ってからつづけた。

「なんか、とうとうここまで来ちまいましたねえ」

達三は自分の店と町を綯《な》い交ぜにして語っている。想いは晋平も同じだ。店の歩みはそのまま町の歩みである。弱冠二十一歳の紙漉き農家の次男坊に集荷問屋が務まるのかと自他ともに危ぶんだが、若さゆえの向こう見ずが逆に幸いしたのか、それとも発展著しい町の勢いに助《す》けられたのか、なんとか同い齢《どし》の町の成長と足並みを揃えることができた。

「でも、今日で、水をあけられたかな」

素《す》の色が交じった言葉をつなげた達三の目の先を追うと、催しを済ませて早速商いに入っているあの店がある。

「そうですね」

たしかに水をあけられたと思いつつ、晋平は受けた。

「なんといっても、あの嶋屋《しまや》さんの出店《でみせ》ですからね」

嶋屋は飛脚問屋《ひきやくどいや》である。ただし、そんじょそこらの飛脚問屋ではない。出店を線で結べば全国に網がかかる。一丁前の町にはかならず嶋屋か、もう一方の雄である京屋《きょうや》の出店がある。どんな商いにも増して全国を知り尽くしているのが、江戸に本拠を置く二つの飛脚問屋だ。その出店が新たに置かれるということは、最も認めてもらいたい相手から町としての証《あかし》を得たに等しい。今日の店開きで、町はひと足もふた足も先に掛け値なしの町になった。

「いや、手前も信じられませんでした。嶋屋さんがほんとうに来てくれるなんてね」

達三も言う。そして、声を落として言葉を足した。

「大きな声では言えないけれど、御公儀でも藩でもない、嶋屋と京屋の承認こそが、最高のお墨付です。これでもう、町にないものはないということですね」

言われてみれば、まさにその通りだ。「これでもう、町にないものはない」。共に育った町の出世を胸底《むなそこ》で誇りながらも、晋平は水をあけられたという想いをまた繰り返した。あるいは、これから先は水をあけられる一方かもしれない。いや、このまま行けば、まず、そうなる。きっと、成瀬様からの呼び出しもそのことと関わりがあるのだろう。町年寄、成瀬庄三郎《しょうざぶろう》は紙問屋仲間の長《おさ》でもある。思わず足を早めたとき、達三が言った。

「じゃ、手前はここいらで」

御屋敷まで一緒かと想っていたら、そうではないらしい。あるいは呼ばれたのは己れ一人なのかと訝《いぶか》りながら、晋平は成瀬家への路を急いだ。

「この町が月に六回市《いち》が立つ六斎市《ろくさいいち》を源《みなもと》にしていることはご存知でしょう」

「はい」

成瀬庄三郎は村の名主の頃から誰にでも丁寧な語り方をする人だった。町年寄になってからは丁寧に輪がかかっている。

「もっともその当時はまだ村で、扱う品物ももっぱら生糸でしたけどね」

町では誰もが「御屋敷」とだけ呼ぶ、成瀬家の屋敷の座敷である。いつもの用向きなら帳場で済ます。奥の座敷に足を踏み入れたのは初めてだ。

「その頃は誰でも売れたし、誰にでも売れました。で、村の外からも売る者、買う者が集まり、売り捌《さば》く品物もいろいろと増え、売る者にしても農家の農間《のうま》余業《よぎょう》から専業になって、するとそういう自分で食う物を作らなくなった者たちの暮らしに要《い》る品々を商う者も次々と加わって、そうして村が町になっていったわけです」

子供時分の晋平にとって六斎市は市というよりも祭りだった。生糸を商う露店の傍《かたわ》らで牛が品定めされていたりして、さながら具沢山《ぐだくさん》の味噌汁のように、いろんな異なるものがひとつの容《い》れ物に収まっていた。いまから振り返れば、思い切ったのでも頑張ったのでもなく、祭りに囃《はや》されているうちに、いつの間にか百姓を離れ、商人《あきんど》になっていたような気さえする。

「でも、いまはそうじゃありません」

そして、晋平の裡《うち》で、その祭りはずっとつづいている。いっときは囃子《はやし》に耳を塞《ふさ》いで、武家に憧れたこともあった。代官所の側に立ちたいと想い、とりあえず手代《てだい》を目指そうとした。が、紙をつくり、商うようになってからはちがう。武家では祭りに囃されることができない。囃されて変わりつづけることができない。武家はずっと武家だ。腰に二本を差す身分に閉じこもる。身分の壁を超えて己れが変わっていく楽しさを、武家は知ろうとしない。

「御公儀より株仲間を組み直されてからは売る相手を江戸の十組問屋《とくみどんや》と定められ、売る値にしてもその十組問屋からいくらいくらと決められています」

六十を越えた成瀬庄三郎もまた変わりつづけている。いや、そもそも村から町への流れを呼び込んだ張本人が庄三郎だ。

「これでは商いではない。みずから売り値と買い手を決められない商いなんぞ、商いとは言えません」

村は紙では出遅れた。その遅れを補って余りあったのが庄三郎が作らせた蚕室紙《さんしつし》だ。蚕室紙が生まれるきっかけは目の前の養蚕にあった。養蚕農家は己れの住まいは破れ障子でも、蚕《かいこ》を育て繭《まゆ》を得る蚕室の障子だけは毎年二回きちんと張り替え、綻《ほころ》べば直ちに補修する。行き届いた温度管理が養蚕の肝《きも》だからだ。一齢から三齢の若い稚蚕《ちさん》には高温多湿の、四齢五齢の壮蚕《そうさん》といよいよ繭をかけようとする熟蚕《じゅくさん》には涼しく通風のよい蚕室が要る。念を入れた開《あ》け閉《た》てによって、その時々の蚕にとって最も快い蚕室を実現するのが障子だ。だから蚕室の障子だけは常にぴんと張らせて、蚕の健やかさを護《まも》る。おのずと養蚕農家は、すこしでも強い障子紙を求める。これを産地の側から見れば、より強靭《きょう》《じん》な紙をつくればいつでもそれまでの産地に取って代わりうるということだ。その号令を徹底したのが成瀬庄三郎で、生まれた紙は程なく使い手のあいだで蚕室紙と呼ばれるようになった。

「こちらとしては、蚕室紙を売るのに十組問屋の手を借りるまでもありません。蚕室紙の買い手ならいくらでもある」

養蚕農家で評判を取るに連れ、蚕室紙はさまざまな使い向きで求められるようになった。頻繁に捲《めく》っても擦り切れないことが肝腎の大福帳のように、強くて容易には破《や》れない紙を欲する声はどこからも上がる。いや、そもそも紙の最大の弱点は、運ぶのに長旅はさせられない強さの不足にあった。仕入れの商人も、届いたときには使い物にならなくなっていたのでは怖くて手が出せない。蚕室紙はこの紙の宿命においても、扱う者たちの負担をずいぶんと軽くした。蚕室紙の蚕室は使い途《みち》を表わす言葉から、図抜けて強い紙の称号になったのである。

「で、このままでは埒《らち》が明かないので、来月、江戸へ上がることにしました」

それだけに十組問屋の枷《かせ》から逃れて、想うがままに売りたいという気持ちはひとしおである。

「江戸へ、でございますか」

そこをなんとかしなければ蚕室紙に関わる者たちは、近頃、縞木綿《しまもめん》でも力をつけてきた町に水をあけられつづけることになる。町の名を冠した縞木綿は、薄さと縞柄の豊かさで評判を取り始めた。

「ええ、御番所《ごばんしょ》へ訴え出ます」

常と変わらぬ口調で庄三郎は言う。江戸は彼方《かなた》だが、町は大名領ではなく幕府御領地にあるので同じ御公儀の支配だ。目安《めやす》は評定所ではなく町奉行所へ出すことになる。

「ついては、衣川屋さんも同道《どうどう》してください。わたくしと長町人《おさちょうにん》の糀屋《こうじや》さん、それと衣川屋さんの三名で江戸へ向かいます。よろしくお願いしますよ」

長町人は村で言う百姓代《ひゃくしょうだい》だ。百姓代が百姓の立場を代弁するように、町民の側に立って物を言う。

「それが本日お越しいただいた用向きです。よろしいですか」

藪《やぶ》から棒ではあるが、成瀬庄三郎が口にした以上、さっさと従うしかない。即決即断と言い換えてもいい持ち前の唐突さが、村から町に至る荒れ路を地均《じなら》ししてきたのだ。

「ひとつだけ伺ってもよろしいでしょうか」

腹を据えて、晋平は問うた。

「なんでしょう」

「どうして私なのでしょうか。大事な御役目です。私よりも年長で、諸事に通じている御仲間が数多くいらっしゃると存じますが」

逃げているのではない。もとより晋平にとっても十組問屋からの解放は宿願だ。だからこそ、実《じつ》を上げられる顔ぶれで、江戸上がりをせねばならぬと思う。

「ひとつは衣川屋さんのところには佐吉《さきち》さんがおられるからです。あれだけしっかり者の弟が残っていれば、安心して店を空けられるでしょう」

たしかに佐吉は若いのに浮わついたところがない。三つ下だが、人によっては佐吉のほうを兄と見ちがえる。任せ切りは無理にしても、さしたる不安がないのは事実だ。でも、それが理由と言うのなら、適任は他にいくらでも居る。

「そして、もうひとつの理由ですが、あなた、わたくしに隠し事をしていましたね」

「はあ？」

瞬間、庄三郎がなにを言っているのかわからない。

「心当たりはありませんか」

「隠し事、のですか」

「はい」

ともあれ、即答はせずに胸の裡を触ってみる。胸底の襞《ひだ》を捲ってもみる。商人になってから、己れにきつく課している習いだ。けれど幸い、収穫はない。

「やはり、思い当たりません」

「じゃ、こちらから言わせてもらいますが」

庄三郎は大きな目をぎろりとさせて言った。

「あなた、漢文を返り点なしで読むことができるそうじゃないですか」

「ああ」

聞けば、そんなことか、と言うしかない。

「別に隠していたわけではありません」

ほっとしつつも、この場を収める言葉探しに苦労する。

「なんと申し上げたらよいのか……」

きちんと話そうとすれば長くなる。そんな長話はしたくないし、成瀬庄三郎にしてもおとなしく長い話を聴くとは思えない。昔、代官所の手代を目指していた頃のことだ。手代の手始めは書き役だから、入るにはなにかの得手《えて》が要ると思って漢文を学んだ。それも、得手は人並み外れていなければ得手にはならないので、思い切って返り点の付かない漢文に挑んだ。相性がよかったのか、想いの外《ほか》、上達して自分でも驚いたが、晋平としては、武家に憧れた頃を已れの疵《きず》のように感じているので、あまり触れたくはない。だから、むろん、自分から話すことはなかったし、強く尋ねられることもなかったので紙問屋仲間にも言っていない。いったい、どこから伝わったのだろうと想いつつ、結局、そのまんまを口にした。

「訊《き》かれなかったものですから、話す機会がなかっただけです」

「あなたね」

庄三郎は得心《とくしん》していない風をあからさまにして言った。

「町でいちばんの名医と評判の向坂玄庵《さきさかげんあん》先生、ご存知ですよね」

「もとより」

晋平もちょっと具合がひどいと思ったときはそこと決めている。

「そこが向坂先生の偉いところで、ご自分で話されたんですがね。先生にしても返り点のない漢文は読めないそうですよ。ま、腕がとびっきりの向坂先生だから話せるのでしょう。ヤブが口にしたら洒落《しゃれ》にもなりません」

話の内容が内容なのに、声を潜めることもない。

「ですから、『傷寒論《しょうかんろん》』ひとつ原典で読んだことはないとおっしゃってました。ま、医者は学者じゃないんだから、病を治すことができればそれでいいんですけどね。いくら原典を山ほど読んでいても治療がお粗末では話にもならない。しかし、それはそれとして、事程左様《ことほどさよう》に漢文を返り点なしで読むのはたいへんであるということです。読める人なんぞ滅多に居るものではありません」

ひとつ息をついてから庄三郎はつづけた。

「なのに、訊かれなかったから話さなかったなんて、あなた、そういうのを隠し事をしていたと言うんですよ」

「そうでしょうか」

「そうですよ。可愛げがないじゃありませんか。それでは人に好かれませんよ。商いには大事なことです。わたくしなら事あるごとに吹聴《ふいちょう》しているでしょう」

「肝に銘じます」

ともあれ、この場はそう答えるしかない。

「そうなさい。で、これで、なんであなたなのかはおわかりですね」

「つまり、私が返り点なしで漢文を読むことができるからでしょうか」

「それしかないでしょう。それがこんどの公事《くじ》の役に立つかどうかはわかりませんが、なにしろ御番所ですからね。できないよりもできたほうが心強い。こういうときは、なんにつけ余力が肝腎です」

おそらく、役には立つまいと晋平は思う。現にこれまで、これといって足しになったことはない。

「それに、衣川屋さんはこのところ紙問屋仲間のためにもろもろの厄介《やっかい》を厭《いと》わずよく動いてくれていますからね。ご褒美《ほうび》の意味合いもあります」

「ご褒美ですか」

「ええ、ご褒美です。観《み》る人は観ていますよ」

最後はあまり似合わない笑顔で言った。

「よかったですね」

正直、素直に「よかった」とは思えないし、「ご褒美」とも思えない。

庄三郎から「これで、なんであなたなのかはおわかりですね」と問われたとき、危うく「つまり、隠し事をしていた罰ですか」と答えそうになったくらいだ。

でも、それは偏《ひとえ》に晋平の気持ちの持ち方ゆえであって、庄三郎に責はなにもない。自分でも要らぬこだわりであるのは気づいているのだが、江戸と聴くだけで知らずに気持ちが退《ひ》いてしまうのだ。江戸にはなんの恨みもないが、なんにつけ江戸を識《し》らなければ話にもならないというような世の風潮が受け入れ難《がた》い。

だから、これまでにも一度ならず江戸上がりの機会はあったけれど、なんのかのと理由をつけては避けてきたし、どうしても断わり切れないときは弟の佐吉を代わりに行かせた。「それは、兄さんの裡で江戸がそれだけ重いという証じゃないですか」と佐吉は言ったが、そんなことは百も承知だ。なのに、あくまで江戸と距離を置こうとするのは、これも漢文を返り点なしで読めることと関わりがあると言って差《さ》し支《つか》えないと思う。

晋平は代官所の手代になろうとして漢文を学びはしたが師はいない。強《し》いて言うなら、師はあの報徳仕法《ほうとくしほう》の二宮尊徳《にのみやそんとく》だ。むろん、師事したわけではない。が、晋平は尊徳の学び方をそのままなぞった。二宮尊徳といえば独修《どくしゅう》の人だ。彼はその自学自習の心棒を渓《たに》百年《ひゃくねん》が著《あらわ》した『経典余師《けいてんよし》』に求めた。それを知って晋平もまた『経典余師』だけで漢文を修めようとしたのである。

最初は人に教わることなく素読《そどく》ができるようになればいいとだけ思った。『経典余師』は四書《ししょ》、すなわち『大学《だいがく》』『中庸《ちゅうよう》』『論語《ろんご》』『孟子《もうし》』の経書《けいしょ》の本文の上に、平仮名《ひらがな》を用いた書き下し文を載せている。だから、ふつうに使う和文を読むことができれば素読ができる。晋平はその書き下し文を求めて虎の子の二朱《しゅ》を払ったのだが、表紙を開いてみれば、本文につづけて平易な解釈まで付いていた。つまり、意味まで摑むことができる。意味がわかると、本文がどういう組立てになっているのかも類推が利《き》いて、毎日飽きることなく繰り返すうちにいつしか返り点なしで本文を読めるようになっていた。

読めると気づいたときには嬉しかったと同時に拍子抜けした。おそらく、正しく学問を積んだ人々にとっては『経典余師』は眉をひそめる書物でしかなかろう。いや、書物とさえ呼べないかもしれない。書物とは学問の本を指《さ》す。草双紙《くさぞうし》などの娯楽本は地本《じほん》と括《くく》られて、書物とは扱う問屋もちがう。わかりやすい注釈を加えて偉い経書を下々《しもじも》の世界まで引きずり下ろした『経典余師』は書物と地本の狭間《はざま》にある。雑本まがいの〝そんなもの〟で漢文を読めるようになってしまってみれば、誰にということではなく申し訳ないような気もしたし、一方で、〝そんなもの〟で漢文を読めるようになってしまった己れに自信のようなものも湧いた。

その自信はささやかではあったけれど、目標としたはずの代官所の手代を意味のないものに思わせ、無縁と映っていた商いへと踏み切らせ、そして、町の発展と歩調を合わさせて、晋平を仲買人から在郷問屋へと押し上げた。つまりは、皆が皆、江戸、江戸と謳《うた》うなか、江戸とは無縁に己れを成り立たせてきた。それだけに、自分独りで、あるいは町と二人でやってきたという想いは殊《こと》の外強い。それをいまになって江戸と縁づいたら、ここまでの独修の世界を冒《おか》してしまうような気持ちを拭《ぬぐ》い切れなかったのである。

とはいえ、この度《たび》は町の紙問屋仲間を背負っての御役目であり、村を町にした成瀬庄三郎直々《じきじき》の指命である。さすがに、拒む理由を見つけようもない。晋平は内心渋々承諾したのだが、しかし、旅装の支度に取りかかってみれば渋々ではない部分も甘い餡《あん》に潜む塩のように認められる。あるいは、よんどころなくという言い訳ができて、江戸への自縛《じばく》が解けたのかと思いはしたが、ずっと江戸を疎《うと》ましく思ってきたはずの己れが、待っていたかのように受け入れるのは釈然としない。晋平はその塩を、十組問屋の懸案の解決に賭ける己れの想いの強さと捉えることにして、果たして漢文の力がほんとうに役立つのかどうかはわからぬが、とにかく精一杯努めようと腹を括った。旅は公事旅《くじたび》である。物見遊山《ものみゆさん》ではない。

けれど、六日の旅の後、江戸は馬喰町《ばくろちょう》の公事宿《くじやど》に着いてみれば、想わぬ事態がつづいた。まず、御番所が受理するかどうかを審査する目安糺《めやすただし》が想った以上に手間取った。

御公儀が公事に当たる基《もと》の構えは内済《ないさい》である。カネで済むことならできる限り当事者が相対《あいたい》で解決すべきであり、無闇にお上の手を煩《わずら》わせるのは慎まねばならぬとして糺に臨む。成瀬庄三郎とて、そのことは重々弁《わきま》えている。むしろ、内済での解決を命じられて、御公儀の権威を振りかざす十組問屋を堂々と相対に持っていくのが庄三郎の狙いだ。すげない門前払いは歓迎するところである。

ところが、この目安糺の結果がなかなか出ない。ようやく沙汰《さた》があったときにはひと月近くが経っていて、おまけに意に反して受理されるということだった。そうして本目《ほんめ》安《やす》になっても吟味は八日空き、十日空きといった悠長さで、裁許《さいきょ》はいよいよ遠く、逸《はや》る気持ちが空《くう》を切る。通常なら焦《じ》れて、男三人が詰める部屋は殺伐とするところだが、しかし、庄三郎は「うまくゆきませんねえ」と言葉では嘆きつつも様子は常に飄々《ひょうひょう》として、火点頃《ひともしごろ》ともなれば軽い足取りで初秋の薄藍《うすあい》が降りた通りへ消えていった。

本来なら訴訟人である庄三郎はいつ呼び出しがかかるかわからないので部屋に居っ切りになるのだが、「なに、暮れ六つ過ぎて御番所が動くわけがありません」などと嘯《うそぶ》いてまったく意に介さない。晋平にも「宿に控えてばかりいないで、いろいろ見て回りなさいよ。土産話をなんにも持ち帰らなかったら町入用《まちにゅうよう》が無駄になります」としきりに町歩きを勧める。最初は晋平も宿の周りでお茶を濁していたが、地方からの客が集まる馬喰町界隈《かいわい》は子供騙《だま》しの土産物屋がやたらと多く、さすがに倦《う》んできて、ある日の昼下がり、とにかく一度は庄三郎の言葉に従ってみようと宿を背にした。

そうはいっても、仲間の宿願を託された公事旅の重みはしっかり背中に貼り付いて、いきなり両国橋《りょうごくばし》や芝神明《しばしんめい》、下谷《したや》、浅草《あさくさ》といった盛り場に出かけて浮かれる気にはなれない。結局、足は御番所への路筋をたどって、日本橋《にほんばし》と神田《かんだ》を分かつ今川橋《いまがわばし》の四つ角へ出たところで、はて、どうしたものかと思った。いつもなら真っ直ぐ行って鎌倉河岸《かまくらがし》の手前で左へ折れる。だから右か左かになるが、左に向かえば結局、御番所へ着いてしまうだろう。だから右しかなかろうと神田《かんだ》鍛《か》冶町《じちょう》へ分け入ったが、こういう四つ角で迷うことひとつが晋平にはけっこう楽しい。

晋平の衣川屋がある町は町とはいってもいわゆる蠟燭町《ろうそくまち》だ。通りが一本しかなく、つまりは、どっちに向かっても町中《まちなか》になる四つ角というものがない。江戸は長く暮らす者ほどどこまでが江戸かわからないと言うほどに町が広がるから、行き場を定めずに歩いても未見《みけん》の町景色を得る。帰りに迷わぬよう、今川橋の様子をしっかり目に焼き付けてから、鍋町《なべちょう》、須田町《すだちょう》と往き、筋違御門《すじかいごもん》でひと息ついて、柳原《やなぎわら》通りを縁取《ふちど》る柳を見遣ってから神田川《かんだがわ》を渡って外神田《そとかんだ》へ出た。

外神田から下谷広小路《したやひろこうじ》に至る路は、公方様《くぼうさま》が上野《うえの》の東叡山寛永寺《とうえいざんかんえいじ》へ参拝するためのいわゆる御成路《おなりみち》だ。湯島《ゆしま》には昌平坂《しょうへいざか》の学問所もあるから、通り沿いにはさまざまな店に交じって書肆《しょし》が軒を並べていたりする。これもまた蠟燭町では目にできない光景であり、それに書肆を覗《のぞ》くのであれば公事旅でも赦《ゆる》される気がして、晋平はなんとなく入りやすそうな構えを醸《かも》している一軒の店に向かった。

店頭に近づくと、紙と墨と、膠《にかわ》だろうか、本の匂いが伝わってきて知らずに足がそろい、ひとつ息をついてからなかへ入ろうとする。と、傍《わき》に置かれた平台に呼び止められたような気にさせられた。ふっと目を遣ると、見覚えのある本が積まれていて、あれっと思う。忘れもしないあの本である。『経典余師』である。いまではすっかり擦り切れている自分のものとは版がちがうらしく、表紙の意匠が変わってはいるが、題字は経典余師でまちがいない。

思わず手に取ってみれば墨の匂いも真新しく、まだ刷られていたのかと驚く。晋平にとっては因縁浅からぬ本ではあるが、しかし、書肆からはとっくに姿を消して、売れ残ったものは故紙屋《こしや》へ回ったとばかり想っていた。なにしろ、売り物としてはあまりに中途半端だ。しっかりと学問を積んだ、書物を求める人には無用であり、いっぽう、娯楽本を求める人にはまったくおもしろくない。

二宮尊徳や、かつての己れのような者には願ってもないが、そんな者たちはあくまで例外であって、ごくわずかな変わり者に顔を向けた商いが実を結ぶわけもない。だから、出逢うことは二度となかろうと想い、使わなくなっても後生大事《ごしょうだいじ》に接してきたのに、あろうことか、江戸の御成路沿いの書肆に刷り上がったばかりのものが置かれている。それだけでも十分に驚いたのに、店へ分け入ると、晋平はさらに驚かされることになった。

晋平が独修の手がかりにした『経典余師』は四書を注釈した本だった。が、店内の書架には『四書之部』に加えて『孝経之部《こうきょう》』の『経典余師』があって、晋平は啞然とした。

生き長らえていただけでなく、なんと四書以外の経書にも手を広げていたのである。いったい、どういうことなのか……。嘆息して泳がせた晋平の目に、さらにありえぬ本が飛び込んでくる。『経典余師　弟子職《でししょく》』である。

その隣りには『経典余師　小学之部《しょうがく》』もあって、もう、晋平は驚かない。きっと、もっとあるのだろうと目をずらせば『四書序之部』があり、『詩経之部《しきょう》』があり、『孫子之部《そんし》』があり、『書経之部《しょきょう》』があり、『易経之部《えききょう》』があった。

とりあえず、『孝経之部』と『四書序之部』を手に取って帳場に向かい、店主に「売れていますか」と尋ねる。店主は江戸者らしい当たりの柔らかさで「ええ」と即答し、「浄瑠璃《じょうるり》の抜本《ぬきほん》や謡本《うたいぼん》ほどではありませんがね」とつづけた。

「ほどではありません」とはいっても、そのふたつは値は下直《げじき》ではあるものの、まちがいなく全国津々浦々で捌《は》ける別段《べつだん》の刷物《すりもの》だ。抜本、謡本と比べることじたいが異例と言ってよく、つまり店主はありえぬほど売れていると語っているのだった。

「『経典余師』も江戸市中ばかりでなく近在でも売れていて、いま、うちはこれで持っています。江戸土産にということで、まとめて求めてくださるお客様も大勢いらっしゃいますしね。地方にも凄《すさ》まじい勢いで広がっているのではないでしょうか」

それからは折りを見つけるようにして書肆を回った。

書物を商う店にも草双紙を商う店にも一連の『経典余師』は置かれていた。

いや、書肆だけではなかった。芝神明は東海道を上ろうとする旅人が身を置く最後の江戸の地で、錦絵などの土産物を売る店が建ち並ぶが、そういう店の何軒かにも『経典余師』はあった。

なんで土産物屋にまで並ぶのか……。答えはひとつしかなかった。

二宮尊徳や晋平のような人間が、もはや例外の変わり者ではなくなっているということだ。

学びを独修して見知らぬ己れに出会おうと希求する者が、学びで己れを変えようとする者が、江戸、地方の別なく群れを成している事実に『経典余師』は光を当てた。

世の変化に敏な版元がこれを見逃すはずもない。

蔦屋《つたや》や須原屋《すはらや》、永楽屋《えいらくや》など、主だった版元はこぞって庶民の自学自習の分野へ目を注いだが、なかでも最も腰を入れて取り組んだのが、『誹風柳多留《はいふうやなぎだる》』の刊行で知られる下谷は五條天神《ごじょうてんじん》裏の花屋久次郎《はなやきゅうじろう》、通称、菅裏《かんり》だった。五條天神は菅原道真《すがわらのみちざね》を祀る。その裏だから菅裏というわけだ。

菅裏は『経典余師』を経書の枠を超えて広げようとした。『経典余師』が編み出した平仮名交じりの和文で読み方と注釈を加えるという形式を、この国の古典や往来物にも取り入れようと企《たくら》んだ。その相方として選んだのが、幕府大番組与力を務める俳人、いまやどこの書肆を覗いてもその著作を見ないことはない高井蘭山《たかいらんざん》だった。

蘭山はこれまでになかった何物かを生み出す人ではなかったが、これまでにあったものを応用して一冊の本を組ませれば抜きん出た才を示した。

蘭山みずから数多《あまた》ある著作のなかのひとつで「古人の糟粕《そうはく》を舐《しぼ》る」と吐露《とろ》しているように、雑学の徒を自認している風だが、慣用のとおりの「古人の糟粕を嘗《な》める」ではなく、「舐る」と記しているところに蘭山なりの矜持《きょうじ》が察せられる。

「嘗める」であれば、昔の人のつくったものの志を汲み取らずに形だけを真似《まね》るという意味になる。

「罾る」ならばどうなるか……。志をも汲むという趣旨なのかどうかは蘭山のみ知るところだろうが、ともあれ、彼が「嘗める」を避けたことだけは紛《まぎ》れもない事実だ。

その五分《ごぶ》の魂《たましい》と才をもって、蘭山は『経典余師』形式で編んだ古典や往来物を次々と開版《かいはん》していった。

『和《わ》漢朗詠国字抄《かんろうえいこくじしょう》』

『経典余師　三字経《さんじきょう》之部』

『経典余師　女孝経《おんなこうきょう》』

『菅家文章《かんけぶんしょう》経典余師』

『商売往来講釈《しょうばいおうらいこうしゃく》』

『御成敗式目《ごせいばいしきもく》証註《しょうちゅう》』

『消息《しょうそく》往来詳註』

『天保翻刊《てんぽうほんかん》　幼学指《ようがくし》南《なん》』

『児《じ》読古状揃《どくこじょうぞろえ》講釈』、
まさに版元から寄せられる求めに首を横に振ることなくきっちりと仕上げ、そのどれもが売れた。

それもいっときの泡沫《ほうまつ》ではなく、継続して後印本《ごいんぽん》がつくられている。

大売れした『経典余師』をなぞっているのだから売れる予測はついていただろうが、しかし、なんでここまで売れたのかを蘭山は識っていたのだろうか。


日本橋から神田、下谷界隈の書肆の在り処《あか》と品揃えのことなら江戸者にも負けないと思えるようになった頃、滞在は突然終わった。庄三郎が目安を取り下げたのだった。

「これ以上粘っても、もういけません」

顔と声は変わらずに飄々と、庄三郎は言った。

「天明《てんめい》の打ち毀《こわ》しですよ」

場所は下谷広小路の料理屋で三人は雁鍋《がんなべ》をつついている。三人揃って旨いものを囲むのは江戸へ出て初めてだ。公事宿の飯は遠い田舎町から出てきた者の舌にもはっきりといけない。

「飢饉《ききん》で江戸から米がなくなって打ち毀しの嵐が吹き荒れ、幕府開闢《かいびゃく》より初めて民《たみ》の蜂起で時の政権が倒れました。以来、御公儀は江戸の民の暮らしに欠かせない物資の確保と値段の安定に最も気を配っています。自分たちの首が飛ぶとなれば本気で取り組まざるをえない」

雁は渡りにはめずらしく穀物や種子の類《たぐい》しか食べようとしない鳥で、だから食味が秀でる。同じ渡りでも鴨は雑食で、とりわけ海鴨のほうは海産の物を食うためにずいぶんとクセが強い。

「で、十組問屋の株仲間に梃入《てこい》れし、彼らの物資の流れと値決めを押さえる力を使って最優先の問題を解決しようとした。となれば、これは相対の内済で片が付くような話ではありません。紙もまた米と同様、日々の暮らしになくてはならない物資です」

箸を動かしながら、『経典余師』と同じなのだと晋平は思う。かつて紙はこれほど密に生活と結びついてはいなかった。それがいまでは無筆《むひつ》のほうが数えるほどで、なんでも紙に書き残すから紙なしでは回らない。状況は三都《さんと》や名古屋のみならず地方でも同様で、長くは運べないことも手伝って、江戸と地方が紙を奪い合っている。その限りにおいてなら、御公儀の舵取りもわからぬではない。

「わたくしの判断が誤まっていました。事は政《まつりごと》の根幹ですから、株仲間を認めている限り、御公儀はどうあっても十組問屋の言い分を認めるでしょう。それが見えれば、あとはもう逃げるが勝ちです」

成瀬庄三郎の退き際のよさには定評がある。攻めるのも早いが退くのも早い。でも、今回の件については、逃げたあとの絵が見えない。みずから売り値と買い手を決められない、商いとも言えない商いがこれからもずっとつづくのだろうか。

「逃げて、そのあとはどうなるのでしょうか」

長町人の糀屋が箸を置いて晋平の懸念を言葉にする。

「いや、大丈夫でしょう」

事もなげに庄三郎は答えた。

「攻め手を替えて再度目安を提出しようかとも考えましたが、その必要もないでしょう。今回の旅でその見極めがつきました」

「どういうことですか」

薄藍に染まった町へ繰り出す庄三郎の後ろ姿を想い浮かべながら晋平も訊く。遊びに出ていたとばかり想っていたが、あるいは会うべき人と会っていたということなのだろうか……。

「十組問屋仲間もいつまでもというわけではないでしょう」

小座敷を借りているのに、めずらしく声を潜めて言った。

「持っても長くてあと三年ではないでしょうか」

「その三年のあいだは？」

糀屋は下戸《げこ》で猪口《ちょこ》を手にしない。

「皆さん、それぞれに工夫を凝らされたらいかがでしょうかねえ。いまは地方にも勢いがありますから」

怪訝《けげん》を消さない糀屋に、庄三郎はつづけた。

「取引きに踏み切ってしまえば、いまの十組問屋に抑える力は残っていないということですよ」

あと三年という庄三郎の予想は、しかし、外れた。雁鍋屋の夜から二年後、御公儀は実効が上がっていないとして、十組問屋仲間に解散を命じた。


蚕室紙の売れ足は弾《はず》みがついて、晋平が始めた紙問屋も盛況である。いまや町にも水をあけようかという勢いで身代《しんだい》を大きくしている。

けれど、晋平は蚕室紙を商っていない。

晋平の衣川屋はいまでは書肆だ。紙問屋のほうは弟の佐吉に贈った。

仕入れる本は『経典余師』のすべてと高井蘭山の著作が中心だ。町に初めての書肆ができたと知って店に来ていただいたお客様のなかには品揃えを目にして落胆の色を隠さなかった人もすくなくないけれど、自分の店にはこの構えがふさわしいと晋平は思っている。

『経典余師』や蘭山はたしかにまがいものかもしれない。けれど、自分はそのまがいものでここまで変わることができた。

たとえ、まがいものでも、その生み出すものはまがいものとは限らないことを誰よりも識っているのが自分だ。

この地で『経典余師』や蘭山を商うとしたら自分しか居ない。何者かに先に手を着けられたらずっと悔いつづけることになる。

商いとしてもなんら問題はなく、どちらも想ったとおりに売れている。だから、浄瑠璃の抜本や謡本で商いを下支《したざさ》えするまでもない。

遠からず、自学自習で已れを変えた者たちが次々と現われ、この町とこの土地をもっと変えていくだろう。いや、きっと、この国をも変えていくにちがいないと、晋平は本気で思っている。

だから、佐吉にはわるいが、こんなにおもしろい商いはない。いや、こんなにおもしろい仕事はない。もう、いくら利益が上がっても、紙問屋には戻れない。

いまになっても町で唯一の、というよりも郡《こおり》で唯一の書肆ということで、いろんな話も持ち込まれる。

誂《あつら》えの注文はもとより、この土地での開版の打診、他の町からの仕入れを含めた書肆開業の相談、そして江戸の名だたる書肆からの連名での刊行の持ちかけなどもあって、あれほど避けていた江戸にも仕入れを兼ねてしばしば出向く。そして出向くたびに、江戸がおもしろくなる。書肆を開いたことで、努めて変わろうとせずとも変わっていく。

江戸の書肆からは筆問屋や硯《すずり》問屋も紹介されて、この土地でただ一軒の、とびっきりの奈良筆《ならふで》を扱う店にもなった。筆や墨硯を目当てに遠くから足を運んでくれるお客様もすくなくない。いまはまだ、そういうお客様に教えていただく有様《ありさま》なので、一刻も早くお客様に追いつき、追い越さねばならない。

むろん、書物や地本でも学ばなければならないことだらけだ。自学自習にしても、もっとちがうやり様《よう》があるにちがいない。近年、書物と地本の境が曖昧《あいまい》になっているように、私塾と手習所《てならいじょ》の境もはっきりとしなくなっているが、あるいはそのあたりに手がかりがあるのかもしれない。ともあれ、書肆衣川屋が、そういう已れのこれからの変化の起点となるのはまちがいなかろう。

成瀬庄三郎はけっしてすくなくはない頻度で顔を見せる。そして、判で押したように「あなた、なんで紙問屋をやめてしまったんですか」と言う。あとには「義理を欠いてますよ」という台詞《せりふ》がつづくが、唇の端《はし》は笑っている。一度たりとも本を買ってくれたことはないが、店を起《た》ち上げるとき誰よりも動いてくれたのはこの食えない町年寄だ。

しばしば注文をくれるのは、町でいちばんの名医である向坂玄庵先生である。誂えはどれもが漢語の医書の原典で、文に返り点は付かない。

それとなく問うと「はったりだ、はったり」と先生は笑顔で言う。「診療室の書棚にびっしりこいつらを並べておけば三割がたは多く治療代をふんだくることができる」。でも、先生の治療代は他の医者よりもむしろ安いし、納めた原典が人の目に触れる診療室にびっしり並んでいるのも見たことがない。

まさか『経典余師』で独修したわけではなかろうが、きっと先生は返り点なしで漢文が読めるのだと思う。先生みたいな人がたとえ一人でも増えたら楽しい。

そういえば、そのとき先生が言った。

「晋平が書肆を開いてくれて助かった」

そして、すぐにつづけた。

「これでもう、町にないものはないということだな」

それで初めて気づいた。

町に嶋屋の出店が置かれたとき、これでもう町にないものはないと思ったが、あのときはまだ書肆がなく、そして、自分も達三も書肆がないことに気づかなかった。

たぶん、これで、ほんとうに、町にないものはない。

剣士

「少々、お話があるのですが、よろしいですか」

雑穀《ざっこく》交じりの飯と味噌汁、それに漬物の朝飯のあとで、垣谷哲郎《かきたにてつろう》が言った。

わたしは無言でうなずいて、濡縁《ぬれえん》に出ようとする哲郎に従った。哲郎は垣谷家の当主であり、そして甥《おい》でもある。

「実は、この前、叔父上が幾世《いくよ》に話された件なのですが……」

積年の風雨で濡縁は木の色を奪われ、灰色と化している。が、座しても塵《ちり》は付かない。哲郎の嫁の幾世がこまめに雑巾を掛けるからだ。

国で御蔵番《おくらばん》を勤める六人扶持《ぶち》の軽輩の家とはいえ、掃除の手抜きはいっさいない。哲郎と幾世の心延《こころば》えが磨き上げられた粗末な家に現われ出る。

「なにか、わたくしどもに至らぬ点がございましたでしょうか」

要《い》らぬ気持ちの負担をかけてしまったと悔やみつつわたしは答える。

「至らぬ点などあろうはずがない」

幾世にだけ内密に頼んだつもりだったが、やはり己れ一人では処しがたく、夫の耳に入れたのだろう。

慮外《りょがい》ではない。哲郎に話さぬほど幾世は情が薄くないし、夫婦《めおと》の仲が離れてもいない。わたしのよく識《し》る幾世であり哲郎だ。わたしは落胆と安堵《あんど》が綯《な》い交《ま》ぜになった気持ちを抱えながら言葉を足した。

「まったく、ない」

ほんとうに言いたいのはそんな素《そ》っ気《け》ない言葉ではない。胸底《むなそこ》では謝意をたっぷり伝えたい。いつもよくしてもらってありがたく思っていると声を大にしたい。でも、それを口にしたら足下《あしもと》の薄氷に罅《ひび》が走る。わたしはなんとか堪《こら》えて否《いな》む言葉を繰り返した。

「まことでございますか」

「むろんだ」

わたしは俗に言う厄介叔父《やっかいおじ》だ。父の代には次男坊として、兄の代には弟として、そして兄の長子の哲郎の代には叔父として、ずっと実家に居座って無駄飯《むだめし》を喰いつづけている。なのに、哲郎夫婦はあくまで目上の叔父として遇《ぐう》してくれる。この貧しく、新規召《めし》出《だし》が叶《かな》わぬ国にはわたしと同じ厄介叔父が哀《かな》しいほどに数多く居るが、わたしほど大事に扱われている厄介叔父はまちがいなく居らぬだろう。

わたしはありえぬ厚意の下《もと》に暮らしている。矢の飛び交《か》う戦場《いくさば》に緋《ひ》毛氈《もうせん》を敷いて茶を楽しんでいるかのごとく暮らしている。そしてわたしはそこが茶席ではなく戦場であることをわかっている。わかっていて緋毛氈を出ない。向き合う哲郎夫婦の背後に広がる屍体の群れを目に入れながら差し出される茶碗に口をつけるわたしの振る舞いは知らずにぎこちなくなる。

「ならば、それがしのほうからお願いがございます」

幾世に言った日の晩もそうだった。垣谷の家には八歳の松吾郎《まつごろう》と六歳の由《ゆい》の二人の子が居るのだが、わたしの膳にだけ久々に干魚とはいえ魚が上《のぼ》っていた。六十七歳の厄介叔父で己れの生を扱いかねているわたしがいまさら家族のなかで一人だけ魚を喰ってなんになろう。喰うべきはこれからおとなの躰《からだ》を造らねばならぬ松吾郎であり由だ。すくなくとも十日に一度は魚を与えて、骨を強くしなければならない。

当然、わたしは魚に箸を付けなかった。そして申し訳なくはあるが、いったいいつまで同じことを繰り返すつもりなのだろうと思ってしまった。魚の件は昨日今日のことではなかった。延々と、出されては残すを繰り返している。最後に口に入れたのがいつだったか思い出せぬほどだ。あの日はけっこう間が空いて、ようやく終わったかとほっとしていたらまた出された。だから、わたしは幾世に頼んだのだ。けれど哲郎は変わらぬ篤実《とくじつ》な顔で「お願い」を言った。

「水屋《みずや》でお一人だけで食事をされるなどとおっしゃらないでください」

哲郎夫婦が行き届いているのは家の手入れだけではない。子供達の躾《しつけ》も同様だ。貧《ひん》しても鈍《どん》することがなく、松吾郎と由の前ではことさらにわたしを立てる。だからこそ無理も出る。哲郎とて人の親だ。わたしさえ共に膳を並べていなければ魚を二人に与えることができるだろう。で、わたしは晩飯のあと、幾世に「水屋で飯を喰えぬか」と申し出た。「握り飯など置いといてくれれば適宜《てきぎ》喰わせてもらう」と。

それはそれで面倒をかけることになるだろうとは思ったが、面倒はもう幾重《いくえ》にもかけている。そもそも息をしているのが面倒なのであり、そして、息をせぬわけにはゆかない。わたしとしては息する音を小さくするしかなく、だから、言い出さぬわけにはゆかなかった。緋毛氈を出ぬ代わりに、わたしは腰を浮かせたり、爪先《つまさき》で立ったりしなければならなかった。

「叔父上だけが水屋で箸を取っているのを松吾郎と由が目にしたらどう想いましょう」

それはわたしも考えた。

「長幼《ちょうよう》の序《じょ》を導きようがありません」

考えはしたが、そうしてもらうしかなかった。

「どうぞ、要らぬことはお考えになりませぬよう。どっしりと垣谷の家の要《かなめ》として座っていらしてください。叔父上は〝藩校道場に垣谷耕造《こうぞう》あり〟と謳《うた》われた御人《おひと》ではございませんか。ひとかたならぬ恩もございます。水屋での食事など、誰よりもそれがしが我慢なりません。二度とあのようなことは申されぬよう。よろしいですね」

答に詰まるわたしににっこりと笑いかけて哲郎は立ち上がった。御勤めに出るとなれば、もう話は打切りだ。無駄飯喰いの無駄話で御役目に差《さ》し障《さわ》りが及んではならない。

わたしは哲郎の背中を見送ってからしばらくすると、幾世に握り飯の包みをもらい、釣竿を手に取って近くの川縁《かわべり》へ向かった。

午間《ひるま》はできるだけ家を空けるようにすることも緋毛氈にとどまるために己れで決めた縛りだった。幾世は生来の働き者で、朝、布団《ふとん》を解くと、綿《わた》の打ち直しと布の洗い張りを一日でやってのけて、晩にはふっくらと膨らんだ布団で眠ることができた。わたしは夜の色に染まった褥《しとね》に躰を滑り込ませて溢れる陽《ひ》の匂いに気づかされるたびに、幾世という嫁のありえなさを思い知らされている。だから、わたしが家に居ると、手を抜かぬ家事と賃機《ちんばた》の合間を縫ってあれこれと世話を焼こうとする。それがわたしにはいたたまれない。

あたかも長幼の序を促す天保《てんぽう》臭い芝居に嵌《は》まり込んだかのようだ。哲郎も幾世も、松吾郎と由も実は玄人《くろうと》の役者で、緞帳《どんちょう》が降りるまでそれぞれの役を演じている。みんな見事に役をこなすが、素人《しろうと》役者のわたしだけが外《はず》す。ついていくしかないし、ついていこうともしているのだが素人は素人でやはり外す。かといって舞台を降りることもできぬし、玄人役者が先に舞台を降りてしまうのを恐れてもいる。

向かう川の幅は八間《けん》余りと、さして広くない。水源が遠くて勾配《こうばい》が緩《ゆる》やかなせいで常にゆったりと流れており、いつ川縁を通っても長閑《のどか》さを醸《かも》し出す。

とはいえ、あと半月もすると川は御留川《おとめがわ》になってとたんに顔つきを変える。鮭が上るのだ。地の者は鮭が遡上《そじょう》する最も南の川と自慢する。鼻を鉤形《かぎがた》に曲げた異相の鮭が我れ先に上流を目指すようになると、川は国から許された漁師だけの場処になる。塩引きした鮭が国の専売になるからだ。

わたしが釣竿を携《たずさ》えて川縁に通うのもあと半月というわけだが、わたしは釣竿は手にしても釣りはしない。川縁に着いたら竿は支えに預け、両手を自由にしてただ座している。浮子《うき》に目を遣《や》ることもない。鉤《はり》には餌《えさ》をつけていないし、毛鉤《けばり》でもない。なのに釣竿を持つのは、言ってみれば消えるためだ。

手ぶらのわたしが毎日川縁を行けば、垣谷の家の厄介叔父はなにをやっているのかということになる。釣竿を持てばわたしは川縁の風景のひとつになって厄介叔父は消える。

わたしへの矛先《ほこさき》が垣谷の家に向かって、哲郎があることないこと言われずに済むというものだ。

釣らぬ釣竿を持つのはわたしだけではない。昔、藩校道場で共に竹刀《しない》を振るっていた益子《ましこ》慶之助《けいのすけ》もその一人で、わたしの行きつけになっているある場処へ着くと、たいてい慶之助も居る。

向こうに言わせれば「俺の行きつけの場処におまえが来たのだ」ということになるのだが、なんでそこが行きつけの場処になったのかと言えば別段の理由はなにもない。地元では知られた景勝の地でもないし、子供の頃、みなで水遊びに興じたわけでもない。水の流れる具合や曲がりかげん、腰を着ける草地の心地《ここち》、あるいは遠くの山の見え方なんぞが相まって、六十七歳の躰を預ける空き地をつくってくれたということだ。

わたしはそこで息する音を遠慮することなく存分に息を吸う。もしも慶之助の行きつけの場処でもあったとすれば、息をつける場の感じ方が重なるのかもしれない。ともあれ、わたしと慶之助はそこでしばしば会う。どちらからともなくずらすのでさすがに毎日ではないが、五日は空けない。で、いよいよ釣らぬ釣竿が仕事をする。老いた厄介叔父二人が川縁で日がな一日、並んで座しつづけるためには傍《かたわ》らに据えた釣竿が欠かせない。手ぶらで並べば一人のときにも増してあの厄介叔父たちはなにをやっているのかということになる。

その日も、釣竿は働いた。そこに足を運ぶと慶之助はすでに居て、三日ぶりに並んで座した。そして、支えにもたれる釣竿を顎《あご》で指《さ》して唐突《とうとつ》に言った。

「掛かったのだ」

釣竿に「掛かった」とすれば魚ということになるが、なにしろ釣らぬ釣竿だ。

「なにが掛かった?」

わたしは問わずにはいられなかった。

「魚だ」

「まことか」

ひょっとすると、とんでもないものかもしれぬと思ったが、我々の鉤に掛かる、いっとうとんでもないものは魚だった。

「めずらしいな。今日は釣る気か」

空《から》の鉤に魚が掛かるはずもない。今日に限っては釣る仕掛けで釣ったのだろうとわたしは思った。

「いや、餌は付けん。毛鉤でもない。いつもどおりだ。なのに掛かった。ちっぽけな雑《ざ》魚《こ》だがな」

「ほう……」

「鰭《ひれ》とかに引っかかったのではない。ちゃんと鉤を呑《の》んでいた」

「そんなこともあるのだな」

めったにない興味深い話で、わたしはなんで魚が鉤を呑んだのかを推《お》し量《はか》ろうとした。けれど、量る間もなく慶之助は言った。

「己れのようだとか口にするなよ」

言われてみればすぐに、たしかに己れのようだと思った。餌の付いていない鉤が己れで、魚が哲郎だ。見返りはなにもないのに世話を買って出る。己れは日々、餌のない鉤で魚を釣り上げている。

身につまされる話なのに、わたしは上手《うま》いことを言うと感心してしまった。子供の頃は聞かん気の強い腕力自慢の少年だったのに、ただ磨《す》り減っているだけではないようだ。

「おまえは空の鉤ではない。しっかり、やることをやっている」

おそらく慶之助は三十数年前のことを言っている。

実はわたしはずっと部屋住みだったわけではない。垣谷家の当主となり、御蔵番を勤めたことがある。わたしが三十二のとき家長になっていた兄が病《やまい》で逝った。当時、跡取りの哲郎はまだ六歳。御役目を果たせるはずもなく、弟のわたしが垣谷家の当主となって御蔵番に就いたのだ。

むろん、順養子《じゅんようし》の定めに則《のっと》った代役の当主であって、そのまま居座りつづける筋合いではない。九年後、己れの養子に入れていた哲郎が十五歳になったのを機に代を譲り、家督を戻した。そうして、わたしは軽輩から軽輩の厄介叔父になった。

「おまえは定めのままにやっただけと言うだろうがな」

慶之助はつづけた。

「誰もが真っ正直に守るわけではない。定めどおり甥を己れの養子には入れても、ずっと代を譲らぬことなどざらだ。妻を迎えて子を得れば、己れの子に家督が行くようさまざまに画策もする。おまえのように三十二から四十一になるまで嫁取りもせず、子も儲《もう》けず、甥っ子を元服するまで育て上げて、きっちり十五で家督を返す輩《やから》などどこを探したって居らん」

持ち上げてくれているのかと思ったら、そうではなかった。

「褒めているのではないぞ。人ならば当主の座にしがみつきもする。血を分けた子に継がせたくもなる。人とはそういうものだ。そのあさましさ、みっともなさが生きるということだ。俺だってその立場ならそうする。買って出る。なのに、おまえは子を得れば邪心が生じるとしてけっこうな縁談話に耳を貸そうともしなかった。おまえなんぞ人の血が流れていないようで気色《きしょく》が悪いわ」

別になんとしても順養子の定めを遵守《じゅんしゅ》しようとしたわけではない。おそらく、わたしは三十二にして厄介が染み付いていたのだろう。

三十二といえば老成には遠い齢《とし》だが、元服からだってすでに十七年が経っている。その間ずっと養子と召出に焦《こ》がれつづけて叶わなかった。己が躰にある形質が行き渡るには十分な年月だ。その十七年には二十代の十年すべてが入ってもいる。

垣谷の家の当主になっても御蔵番になってもわたしの心底《しんてい》は厄介のままだった。当主になってからさえ気は養子話に向かい、順養子の当主の座を守ることなど思いつきすらしなかった。

嫁を取らなかったのも、子を得れば邪心が生じるからなどではなく、ひたすら養子に出る腹づもりだったからである。慶之助は人の血が流れていないようだと言ったが、それがわたしの血だ。哲郎に家督を戻したとき、わたしは掛け値なくほっとした。

「おまえは甥っ子夫婦がありえぬと語るが、ありえぬのはおまえだ」

慶之助は追撃の手を緩めない。

「世間の声が怖くて常に善人であろうとする。それで貧乏籤《びんぼうくじ》を引いても不平を口にせぬのは唯一の取《と》り柄《え》だが、しかし、それだけだ。せっかくの剣の腕もなんにも生かそうとせず無駄に老いた己れの道連れにした」

当主でいるあいだ、たしかに上の方からいろいろ声が掛かった。が、話を聞いてみればことごとく絵に描いたような派閥の勝手で、よくもまあ、あからさまに侮《あなど》ってくれるものだと感じ入りさえした。

求められているのは己れではなく己れの剣の腕であり、そこは軽輩の身軽さを生かしてすべて遠慮した。将来、哲郎に代を譲る気でいたわたしとしては、わずか六人扶持とはいえ、家督をそういう面倒なもので汚したくなかった。

「おまえは篤実なのではない。ただの怖がりだ。子供の頃からそうだった。弱虫だった。道場では打ち負かされても俺はちっとも怖くはなかった。本身《ほんみ》で闘えば絶対に勝てると思った」

慶之助と話していると、ふつうの話がいつの間にか悪態《あくたい》に代わる。馴れぬうちは腹が立った。十年若かったら鯉口《こいくち》を切っていたかもしれぬと思った。そして、それで気づいた。その手に乗ってたまるか、と。

死のうとしなかった厄介叔父は居らぬだろう。死に焦がれてこそ武家でもある。けれど、口減らしのために死ぬのは厳しい。闘うべく組まれた武家の躰が老いても後ろ向きの自裁《じさい》を拒む。

どうすれば己れを始末できるか……己れの尻尾《しっぽ》を噛む犬のようにさまざまに試みた挙句、多くは老いを深めるに連れ死ぬ気力さえ薄れさせていくのだが、慶之助はそうではなかった。諦《あきら》めていなかった。最も新しい始末の手立てが相手を激昂《げっこう》させて己れを討たせることで、その相手に選ばれたのがわたしのようだった。

そうと弁《わきま》えていなければ慶之助の悪態はけっこう効《き》く。いちいち思い当たる処を突くからで、当時、わたしも本身で斬り結べば打ち果たされるかもしれぬと感じていた。竹刀での試合では負けぬが、想わぬ一撃にもしやと怯《ひる》ませるものがあった。

そのように慶之助はきつく抉《えぐ》るが、もともと柄《がら》ではないのだろう、長くはつづかない。始まったと思っていたら直《じき》に治まる。

「ともかくだ」

それが慶之助の息が切れる合図だ。近頃はとみにつづかなくなった。ちがう手立てを考えているのか、それとも、己れの気持ちを閉じようとしているのか……。

「おまえは俺とはちがう。小さくなっている必要はない」

慶之助は甥の子にも赤裸《せきら》に見下《みくだ》されるらしい。しばしば「老いても悔しいぞ」とこぼしては「俺は本物の厄介だからな」とつづけた。「おまえのように貧しがない」。もしも屋根の下で聞いたら救いのない話だが、そこはゆったりとした流れを縁取《ふちど》る川縁だった。

この季節ならば向こう岸に広がる灌木《かんぼく》の群落が色づき始め、澄み渡った薄藍《うすあい》の空が遠くの山の初雪をくっきりと伝える。

柔らかな草地に躰を預けて目を遣っていれば、慶之助もそうやって息する音を潜《ひそ》めることなく息をしているのだと思うことができる。

「ふんぞり返っていればいいのだ」

慶之助はつづける。

「たとえ四人扶持の家でもな」

「おい」

わたしは口を挟む。

慶之助の語りの誤りをいちいち咎《とが》め立《だ》てはせぬ。

わたしは順養子の一件を「貸し」とは思っていないが、慶之助が「貸し」と言いたいのならそのままにしておく。

が、家督に関わる誤りだけは断じて捨て置けない。

「垣谷は四人扶持ではないぞ」

家督は引き継ぎ、引き渡していく、侵《おか》されてはならぬものだ。

「益子の家と同じ六人扶持だ」

やおら、流れに預けていた慶之助の目がこっちを向く。そして呆《あき》れたように言った。

「知らんのか」

わたしも見返して問うた。

「なにを?」

「ひと月ほど前、また減知《げんち》があったのだ。益子も六人扶持から四人扶持になった。同格だから、おまえの家も同じはずだ。哲郎から聞いておらぬか」

初耳だった。哲郎も幾世もなにも言わなかった。

窮した気配を窺《うかが》わせもしなかった。

あとの慶之助の言葉は耳に入らなかった。頭は四人扶持でいっぱいに塞《ふさ》がった。六人扶持でもぎりぎりどころではないのに、四人扶持では、もう、どうにもならぬではないか。


哲郎にたしかめるつもりは端《はな》からなかった。

たしかめてよいのは、そのとおりと答えられたときに、ならばと申し出る策を持っている者だけだ。

己れはなにもない。空の鉤だ。もとより減った二人扶持を助《す》ける資力はなく、家を出る腹も据わっていない。

たしかに四人扶持になりました、の答を聞き届けてなんとする？　あるいは、いや、六人扶持のままです、と答えられたらなんとする？　それが気休めの騙《かた》りではなく、まことと知れれば、ならばと安《やす》んじて厄介叔父をつづけるのか……。

四人扶持と聞いてうろたえているが、己れが余計者であることは四人扶持でも六人扶持でも変わりない。いまに始まったことではない。

己れが為すべきは四人扶持をたしかめることではなく、戦場の緋毛氈を抜ける腹を据えることであり、己れを始末する手立てを決することだ。

とっくにそうするべきなのはわかり抜いていたのに果たせなかった。なんとかなると思い、どうにかすると思ったが、どうにもならなかった。

その気で始末を考えると、命が急坂を転がる岩のようなものであることを思い知らされる。

意思とは無縁に転がりつづけて、坂の途中で止めるのは至難だ。

命と己れは別物で、己れの想いなど歯牙《しが》にもかけない。

命は王、命を仮寓《かぐう》させる己れは従僕《じゅうぼく》だ。

厄介叔父はみな己れの裡《うち》の転がる岩と闘っている。

喰わねば減る腹と、旨ければ喜ぶ舌と、凍《こご》えれば火にかざしたくなる手と、雨に濡れつづけるわけにはゆかぬ躰と闘っている。

わたしの闘いはとりわけ厳しい。幾世が日々つくるものは質素だが気持ちがこもっていて丁寧だ。無駄飯喰いを自戒しながら膳を待ちわびてしまう。一日を終える布団は繁《しげ》く干されて陽の匂いが絶えたことがない。岩はいよいよ勢いづき、従僕の想いを弾《はじ》き飛ばす。そういう一日が積み重なって、浦島太郎のように六十七になった。

わたしは止まらぬ岩を止めるための柵をなんとか拵《こしら》えようとする。哲郎の、幾世の横顔に翳《かげ》りを見ようとする。その深さを柵の強さに変えんとする。けれど、哲郎も幾世も常のままだ。

慶之助は「ひと月ほど前」と言ったが、いくら思い返しても「ひと月ほど前」より前とあとの二人の変化がまったくわからない。わたしを慮《おもんぱか》ってそうしているとしたら、いよいよありえなさが増して追い込まれるはずなのだが、そこが転がる岩で、ならばなんとかなるかと従僕に想わせようとする。

わたしは横顔を覗くのをあきらめて、なんでそれほどに変わらぬのかと想う。

幾世の賃機が存外馬鹿にできぬのか、実は四人扶持への減知は益子の家だけで垣谷は六人扶持のままなのか……。もろもろ想いを巡らせるうちに、ふっと、わたしが御蔵番を勤めていた頃の不祥事がよみがえった。

二人の同役が御蔵に収められていた専売の塩引鮭を横流しして召し放ちになったのである。始まりは苦しい活計《たつき》を助《す》けるためで、馴れてからは已れの遊興にも回したという、あまりにもありきたりの犯行だった。

わたしはとたんに落ち着かなくなる。なんで思い出さなかったのかと已れを糾《ただ》す。わたしはずっと垣谷での暮らしにありえなさを察していた。矢の飛び交う戦場に緋毛氈を敷いて茶を楽しんでいるかのごとく暮らしていると感じてきた。横流しを疑ってもよかったはずだ。

たしかに、不相応の贅沢をしていたわけではなかった。十日に一度、わたしの膳に上る魚は決まって小さな塩干魚《えんかんぎょ》だった。むろん着る物は木綿で、みな幾世が糸から織り上げて仕立てたものだ。食事の菜《さい》が旨いのも庭の野菜に胡麻《ごま》や豆腐で工夫を凝らしているからである。垣谷の家の贅沢はすべて幾世が躰を惜しまず動かすことでもたらされている。

哲郎にしても酒の臭いをさせて戻ったことなど一度もない。そもそも遅く帰ったことがない。遊興とは無縁だ。不祥事を気取《けど》らせるような兆候はなにひとつない。

にもかかわらず、生まれた疑念が消えぬのは垣谷の家に常に余裕《ゆとり》が醸されているからだ。幾世が、哲郎が、貧しさを貧しさとも感じておらぬからだ。

哲郎は「叔父上が当主の頃、親類を束ねて荒地を開墾《かいこん》してくれたお蔭です」と言う。「とりわけ冷害に強い稗田《ひえだ》が気持ちの支えになっています」。けれど、得心《とくしん》するには田はあまりにささやかだ。気休めにはなるだろうが、活計の足しにはなるまい。さまざまに考えを巡らせるほどに、横流しを怖れる気持ちが膨らみつづける。

とはいえ、質《ただ》して意見できる立場ではない。哲郎を横流しに追いやったかもしれぬ張本人がどうして諫《いさ》めることができよう。

もはや、できることはわかり切っているのだ。想うだけでずっとできずにいた己れの始末を果たすしかないのだ。

猶予はない。これが好機だ。よしんば哲郎が塩引鮭に手を付けておらぬとしても、手を付けるのを防ぐために踏ん切りをつけなければならない。

けれど、気持ちを追い込んでも転がる岩をどう止めてよいかわからぬのは変わらない。たとえ想いを切っても、下手な始末では哲郎や幾世に累《るい》が及ぶ。

厄介叔父に冷ややかな視線を送るくせに、自裁でもすれば今度はその視線を家のほうに向けるのが世間だ。自裁が明らかになった日から、その家は厄介叔父を死に追いやった家として括《くく》られる。

死んだあとのことなど知らぬでは武家は済まぬ。後始末を考えての始末となると、解《かい》はいよいよ遠ざかる。

弱り果てたわたしは、やはり川縁しかあるまいと思った。川縁で慶之助に会って、ともかく話を聞こう。

家人《かじん》の侮蔑《ぶべつ》を受けつづけてきた慶之助はわたしよりも遥かに強く圧迫されている。さまざまに始末の手立てを考えてきたはずだ。

翌日、わたしはいつもの刻限よりも早く川縁へ向かって慶之助を待った。顔を合わせたら前置きなしで始末の仕方を教えてくれと切り出そうと思った。

「俺たちが若い奴らから羨ましがられているのを知っておるか」

ほどなくやって来た慶之助は着くなり言った。

「あるいは妬《ねた》まれていると言ってもよいかもしれぬがな」

「奇妙な話だ」

出鼻《でばな》を挫《くじ》かれたわたしは短く答えた。厄介叔父だ。羨ましがられる理由はひとつもあるまい。

「俺たちは万事派手だった文化文政《ぶんかぶんせい》を躰で知っている。だから、気持ちが伸びやかだというわけだ。対して、自分たちは節約第一の天保の御代《みよ》に長じて、縮こまるのに馴染《なじ》んでしまっている。だから羨ましいし妬ましいということらしい」

六人扶持だ。化政《かせい》の豪奢《ごうしや》に加われるはずもない。が、目にはしてきた。それが羨ましいなら、そうかと言うしかない。

「よりによって、伸びやか、だぞ」

慶之助も悲憤を込めて言う。

「俺たちからいっとう遠いものだ」

いっとう遠いが、あった。そういう御代があった。

「そんなことを俺たちに言われても困る。言うなら祭りに興《きよう》じた奴らに言って欲しい」

慶之助はつづける。

「伸びやかどころか、俺は化政からこのかたずっと縮こまってきた。いや、物心《ものごころ》ついてから六十七の老いぼれになるまでずっと縮こまってきた」

話は結局、厄介叔父に行き着く。切り出す頃合はすぐに戻ってきた。

「おまえに聞きたいことがある」

慶之助の話がどこかへとっ散らからぬうちにわたしは言った。

「なんだ」

「始末の手立てをもろもろ考えただろう。教えてくれ」

余計な言葉を足すつもりも、そんな余裕もなかった。

「藪《やぶ》から棒だ」

慶之助はまだ化政の話をつづけたいようだった。

「それを承知で頼んでいる」

ふーと息をついてから慶之助は言う。

「頼まれてもよいが役には立たぬぞ」

「なぜだ」

「そんなことは自明ではないか。俺はこうしておまえの目の前に居る。幽霊ではない。俺は生きている。もろもろ始末の手立ては考えたが、ことごとく、しくじったということだ。だから、役には立たん」

「それでもよいから聞かせてくれ」

慶之助はしくじってもわたしはしくじらないかもしれぬ。そうでなくとも、その手立てを元に別の手立てが浮かぶかもしれぬ。

「おまえに言っておくが、まともな人間に己れの始末はできん」

いつになく引き締まった顔で慶之助は言った。

「できる人間は始末の前にすでにして己れが壊《こわ》れておるのだ。だから、始末しようと思えば壊れなければならぬが、壊そうとして壊れるものではない。おまえも俺も壊れる者ではない。線引きがあるのだ。俺がつくづく己れをまともだと認めざるをえないのは、甥の子からも愚弄《ぐろう》されるにもかかわらず、益子の家の安泰を考えてしまうことだ。そこが家督を継承していく定めの武家なのだろう、己れの始末は考えても家に復讐してやろうとか道連れにしてやろうとかは露《つゆ》ほども考えぬ。そうなると、いよいよ始末の手立てがむずかしくなる。だから、こんなのがあるぞと、道具箱から道具を取り出すようにはゆかん」

「お手上げか」

慶之助の語りは道理で、二の句が継げなくなる。

「ま、そうだ」

あっさりと認めた。

「なにもないか」

未練がましく言う。

「ま、そうだが……」

今度はなにやら歯切れがわるい。

「なにかあるのか」

「ある、と言ってよいのかどうか……」

「勿体《もったい》ぶるな」

「ひとつだけ、あるといえばある」

色づき始めた灌木に目を遣って慶之助は言う。

「ただし、一人ではできない」

「ほう……」

一人ではできぬ、とはどういうことだ。

「何人要る？」

「何人もは要らない。相手一人だけだ。ただし、その一人は誰でもよいわけではない。限られるのだ」

「俺はどうだ。駄目《だめ》か」

不安と期待を綯い交ぜにしつつ言ってみる。

「おまえならよい」

思わず張り詰めていた気が緩んだ。

「というか、相手はおまえでなくてはならん」

また、張る。

「どういうことだ」

前よりもきつく気が張る。

「それはまた日をあらためて話そう」

間《ま》を置かずに慶之助は答えた。

「おまえの始末の腹が据わったときにな。慰みに語られてよい話ではない」

わたしも間を置かずに言う。

「腹はすでに据わっている。懸念無用だ。いま話してもらって差《さ》し支《つか》えない。おまえの目にはそう見えぬか」

慶之助の目がわたしを嘗《な》める。

「たしかにそのようだ」

そして言った。

「ならば話そう。前語りから始めさせてもらうがよいか」

「おまえのいいように語ってくれ」

「いまとなっては昔話だがな、おまえと俺は藩校道場の龍虎《りゅうこ》とも語られた」

「ああ」

言われなければ思い出すこともない。言われてもそんなこともあったかと感じる程度だ。だから、話が道場から始まったのは意外だった。剣術話と始末がいったいどうやってつながるのだろう。

「龍虎とはいっても開きはあった。俺は七本勝負で二本取るのがやっとだった。一本も取れぬときもあった。勝者の常で、おまえは勝ち負けに頓着《とんちゃく》せぬが、いつも負ける俺は悔しかった」

「そうか」

ともあれ、聞くしかない。

「下士が上士と対等に力を競えるのは藩校道場だけだ。そこで頭角《とうかく》を現せば上士からも一目《いちもく》置かれる。いざとなったら斬られるのではないかと畏《おそ》れられる。が、一目置かれるのはいつもおまえで、大きく後《おく》れた二番の俺は軽んじられたままだった。だから余計に悔しかった」

それは識らなかった。

「それに、以前にも言ったが、俺は竹刀では負けても本身で闘えば己れが勝つのではないかという予感を抱いていた。根拠もあった。押し寄せるおまえの気が薄いのだ。あれでは刃筋が十分に立たない。相打ち覚悟で立ち向かえば、俺は浅手を受けるだけでおまえには深手を与えられると信じた」

　そのとおりかもしれん。だから当時のわたしは想わぬ一撃に怯んだのかもしれん。

「武家が真に強いかどうかは竹刀ではなく本身で決まる。ほんとうは俺の方が強いのに弱いおまえがもてはやされていると思うと悔しさが滾《たぎ》った」

　初めて聞くことばかりだ。

「そんなことに想いが及ぶのも若い時分だけで、歳《とし》を重ねるに連れ薄れていくのだろうと思っていたが、しかし、厄介がうまく歳を取るのはむずかしい。他に大事にすべきことがないゆえなのだろう、薄れていくどころか、ますます本身での勝負への想いが募《つの》っていく。もう、残された時がわずかと悟ってからはなおさらだ。せめて、このくすみ切った一生に一点だけでも鮮《あざ》やかな緋《ひ》色《いろ》を入れたいと願うようになった」

　気持ちはわかる。その辺りからは厄介叔父の領分だ。

「だがな、それが敗者の勝手な言い草であることくらい俺も弁えている。勝者のおまえは与《あず》り知らぬことだし、たとえ気持ちは理解しても勝負の申し入れにうなずくはずもない。よしんば受け入れたにしても気が入るまい。気が入らなければ俺が望む勝負にはならぬ。そんな相手に勝っても仕方ない。だから勝負はあきらめていた」

ひとつ息をついてからつづけた。

「ひょっとすると、と思うようになったのは、ここで老いたおまえと顔を合わせるようになってからだ。俺の裡で勝者のおまえは厄介叔父に入っていなかった。が、繁く会ってみれば、おまえもまた厄介叔父の一人だった。そのとき、勝負と始末がつながったのだ。勝負を剣の雌雄《しゆう》を決するためではなく始末のためと捉えたらどうだ。おまえも腹を据えて始末を求めているとしたらどうだ。話は変わってこよう」

わたしは耳に気を集めた。

「言ったように俺は相打ち覚悟でいく。身を捨てて掛かる。いましがた俺は浅手を受けるだけと語ったが、あれは俺の自惚《うぬぼ》れであり強がりだ。おそらく俺も深手を負って己れを始末することができるだろう。むろん、俺もありったけの気を込めて掛かっておまえに深手を負わせる。おまえを始末して俺がおまえに負けぬことを証《あか》す。そうして俺もおまえも厄介叔父を終える」

そんな手立てがあったのかと、わたしは嘆《たん》じた。

「これがよいのはどちらの家にも累が及ばぬことだ」

慶之助はつづけた。それはわたしが最も懸念していることだった。

「むろん、年寄りがなにをとち狂ったかと嗤《わら》う者は出るだろう。が、そのように表で嗤う者も胸底では気圧《けお》されている。武家だからだ。武断《ぶだん》は武家の本分だ。どちらが強いかを本身をもって明らかにせんとする営みを、馬鹿にできる武家など居らん。老いぼれがそれをやるからこそ武家の粋《すい》がほとばしる。その愚直さが、滑稽さが、武家の地肌だ。天保になってまた世の中は武張《ぶば》り出している。時代も味方してくれよう」

いちいち言葉が染み入る。

「それに、有象無象《うぞうむぞう》が勝負をするのではない。垣谷耕造の名はまだこの国の剣を嗜《たしな》む者のあいだに強く残っている。付録としての俺の名もだ。二人が剣を交えても納得は得られるだろうし、然《しか》るべき敬意を期待したってよいだろう。だから、垣谷と益子の家に災《わざわ》いが降りかかることはあるまい。六十七にして真剣勝負をして果てた老剣士を生んだ家として了解されるはずだ。厄介叔父の始末はそうして消される。俺たちは剣士として死ぬ。家人にとってもだ。叔父は剣士として逝ったと己れや子に語ることができる。そういう話だが、どうだ」

「素晴らしい」

わたしは言った。

「完璧だ。非の打ち処がない」

凄いと感心した。そんな策を打ち立てた慶之助を敬《うやま》いさえした。

「いつやる？　場処はどこだ」

わたしは問うた。

「場処はここでよかろう。そもそもおまえと再会したここから話は始まった」

異存はなかった。

「しかし、そうなると時がない。もう間もなく御留川になる。その前にやらねばならぬということだ」

「俺は明日でもよいぞ」

「まことか」

「ああ、早いほどよい」

明日にも哲郎は蔵の塩引鮭に手を付けるかもしれない。

「さすがに明日はなかろう。それに俺には一つ懸念が残る」

「なんだ」

「先刻も言ったが、俺の気は満ちている。なにしろ、積年の想いを解き放つのだ。相打ち覚悟でおまえをしっかり冥土《めいど》へ送ってやる。しかし、おまえの気はどうだ。俺と釣り合いが取れているか」

そのように問われれば、むろん、とは返せなかった。わたしには慶之助への遺恨《いこん》や因縁《いんねん》がまったくないし、どちらが強いかをはっきりさせるといっても、いまとなっては、そこまでの剣への想い入れがない。

「俺が生き残るようでは困る。俺にしても雌雄を決することだけが目的ではない。始末も入っている。浅手を負って生き永らえたら、いまより以上に家に迷惑がかかる。しっかり刃筋を立てて深手を与えてくれなければなんのために勝負をしたのかわからない。どうも俺が観るところ、おまえは己れを始末する腹は据わっているが、俺を打ち果たそうという気はまだ足りぬようだ」

答えようがない。今日の慶之助は道理ばかりを言う。

「三日、置こう。三日のあいだに気を満たしておいてくれ。三日後、満ちていなくとも不本意ではあるが勝負はする。この先も満ちることはないだろうからな。叩《たた》っ斬《き》ってやる。始末はしてやるから安心しろ。俺は生き延びるかもしれぬが、垣谷耕造を打ち果たしたのだ、己れに名分が立つから自裁を果たすことだってできるだろう。しかしながら、本意が相打ちにあることは言うまでもない。努めて気を満たすようにしてくれ」

「承知した」

そうしてわたしは慶之助と別れた。

一日が終わるごとに始末の意は強まった。哲郎と顔を合わせるたびに、この甥っ子を召し放ちにはさせぬという想いが増した。

けれど、慶之助を打ち果たす気は満ちなかった。逆に引いた。話を聞いたばかりのときはあまりの見事な架構《かこう》に高揚《こうよう》するばかりだったが、あいだを置けばもろもろ綻《ほころ》びらしきものも目についた。

少年の頃、慶之助とは特に仲がよいわけではなかった。しばしば持ち前の負けん気を持て余すことがあった。己れが勝つまでかかってくる。勝つと、わざと負けただろうと口を尖らせる。

だから、悔しさゆえの勝負の話もすんなりと耳に入った。慶之助だからこその始末の手立てだと感じ入った。が、川縁で釣らぬ釣竿を傍らに置く慶之助を想えば、いささか話は変わる。

老いた慶之助は一にも二にも始末を考えていた。わたしを激昂させて鯉口を切らせようとさえ企《たくら》んだ。

あの川縁の慶之助からすれば、悔しさが滾る話は怪しい。まず悔しさゆえの勝負があって、それが始末にも通じるという筋道は怪しい。

やはり、まず、始末なのではないか。始末をたしかなものにするために、本身で雌雄を決するという説が持ち出されたのではないか……。

そのように想い出すと、慶之助を打ち果たす気はいよいよ減じた。

少年の頃はともあれ、川縁に並ぶ慶之助はたしかに友だった。かつて友と恃《たの》んでいた者はことごとく世を去り、六十七歳の厄介叔父の日々を分かち合うのは川縁の慶之助だけになっていた。救われ、救った。些細《ささい》なひとことに助《す》けられた。いまとなっては唯一の友を打ち果たす気が満ちるはずもない。

三日後、わたしは始末の腹だけを固く据えて川縁へ向かった。

もうずっと道場に足を向けていないどころか素振りからも離れたままではあるが往時《おうじ》は淫《いん》するほどに稽古に打ち込んだ。筋の衰えを差し引いても、まだ己れの躰に太刀筋が生きているのを信じた。

生きてさえいれば、打ち果たす気とは関わりなく躰が勝手に太刀筋を描いてくれるはずだ。望まずとも慶之助を始末してやれるだろう。仮にも果たし合いに臨む以上、気を満たして対するのが礼儀だが、叶わぬからには目的だけでも遂げるしかない。

川縁に着くと、まだ慶之助の姿はなかった。

わたしは携えてきた青竹の頭を脇差《わきざし》で割って果たし合いの旨を認《したた》めた書状を挟み、草地に突き刺した。

手早く襷《たすき》をかけ、終えると大きく息をして気を丹田《たんでん》に送る。

始末されるためには始末しなければならぬ。その一点に気を集める。

間もなく慶之助も現われる。同じように書状を挟んだ青竹を手にしてはいるが突きはしない。浮かせたまま口を開いた。

「仕合う前に、おまえに言って置くことがある」

この期《ご》に及んでなんだと想う。

もはや、言葉は邪魔者でしかない。

やはり、こっちの気が満ちているようには見えぬとでも言うのか。

懸念は無用だ。

気なんぞ足りなくともしっかり始末してやる。

「あの四人扶持の件だがな」

なんで、この場で四人扶持が出てくる？

「哲郎にたしかめたか」

「いや」

「やはりな」

「四人扶持がどうした？」

わたしはすくなからず苛立《いらだ》った。

「うそだ」

音は届いたが、意味を結ばない。

「なんと言った？」

「だから、あれは嘘だ。嘘をついた」

「うそ」が「嘘」とわかっても判然とせぬままだ。

「六人扶持が四人扶持になったと聞けば、おまえの始末の腹が据わるだろうと思った」

それで、ようやく摑《つか》めた。

「で、嘘を言ったが、嘘を言ったまま仕合うのも釈然としない。それゆえ告げることにした。おまえが話がちがうと言うのなら果たし合いを止めてもいいがどうだ」

聞き届けたわたしは、慶之助はまたしくじったと思った。

慶之助はわたしを怒らせようとしている。

一連の話は垣谷の家督が六人扶持から四人扶持になったと慶之助が語ったことから始まった。

それが真っ赤な嘘だったとわかれば慶之助への怒りが滾るだろうと踏んでいるのだ。

その怒りが打ち果たそうという気を満たす、と。

「果たし合いを止めてもいい」などと言うが、そんな気は露ほどもない。逆に、いい加減を装《よそお》って、怒りを弥《いや》が上にも煽《あお》り立てようとしている。勝負をぞんざいに扱うな、と
わたしが激昂するのを待っている。

わたしが申し出たとおり勝負を決めた明くる日ならば、慶之助の狙いは図に当たっただろう。

明くる日ならば考える間もなかった。

わたしは目論見《もくろみ》どおり怒りに震えただろう。

その嘘のせいで篤実な哲郎を盗っ人《ぬすっと》と見たのだ。

惜しまず躰を動かして貧しさを吹き払う幾世の献身を疑ったのだ。

憤怒《ふんど》に燃え、許してなるかと身をよじっただろう。

けれど、今日は三日後だ。

わたしは嫌というほど考えた。

だからわたしは怒れない。

その手には乗れない。

それほどまでに始末されたいのかと嘆じるばかりだ。

「どうだ、止めてもよいぞ」

慶之助は言葉を重ねる。止めてもよいと繰り返しながら火吹き竹を吹く。

健気《けなげ》、とさえ映る。

ならば、と、わたしは想う。

怒ってはいないが、それほどまでに始末されたいのなら、願いどおり立派に始末してやろうと思う。

「いや、やろう」

わたしはきっぱりと言う。

そしてもう一度、今度は胸の裡で、立派に始末してやると繰り返す。

立派に始末するということは、剣士として対するということだ。

剣士が剣士を打ち果たすということだ。

決意するやいなや、わたしの胸底に荒波が立つ。

剣士、益子慶之助を打ち果たそうという気が滾る。

滾ってみるみる満ちていく。

己れにこれほどの剣への想いがまだ残っていたのかと驚くほどだ。

常にのしかかっていた厄介叔父が薄れて、己れは剣士、垣谷耕造であると思う。

ふと気づくと、巡り巡って慶之助が願ったとおりになっている。

いや、これはやはり慶之助の企みが奏功したということかと想いつつ、わたしは鯉口を切った。

いたずら書き

「なにをしていらっしゃるのですか」

背後から声がかかったのは、ちょうど中庭に下りて、付け木の火を紙に移していたときだった。

「ああ」

もしも九歳の子供の声でなければ、私は驚いて跳び上がっていたかもしれない。

「焚《た》き火だ」

書状一通を灰にしているだけで焚き火もないものだが、小寒《しょうかん》が間近いせいだろうか、考えるともなくその言葉が出た。

「紙を燃やしておられるのですか」

我が家の跡取りはなかなか追及が厳しい。焚き火でないのを承知して、くべているものに矛先《ほこさき》を向けてくる。

「ああ、そうだな……」

こんどはすこし考える。

「いたずら書きだ」

顔は「焚き火」に向けたままだ。嘘をついている顔を子供に見せたくない。

「父上のでございますか」

「いや、私のではない」

そうだ、と言えば話は収まりやすいのだろうが、問うているのは大事な跡取りだ。これ以上、嘘はつきたくない。私は律儀に応《こた》える。

「おとなが書いたのでしょうか」

「おとな、か……」

私は何枚目かの紙を炎にかざす。今日の分はずいぶんと多い。

「おとなではある」

「おとなでもいたずら書きをするのでしょうか」

問いは止まない。書状を燃やすだけとはいえ、気を集めねばならぬ。断じて、燃え残って逸するようなことがあってはならない。とはいえ、跡取りには漢学を学ばせる際、疑問に思うことがあれば臆することなく問いつづけるように叩き込んだ。けっして、わかっておらぬのにわかったような振りをするな、と。書状を燃やし尽くすのも大事だが、人の軸を太くするのも大事だ。例外を当たり前にすれば、せっかく通り出した軸がみるみる瘦《や》せる。

「する、のであろうな」

私は答えつつ、ぜひとも、そうであってほしいと思う。おとなのいたずら書きであってほしい。そして、そろそろいたずら書きにも飽きていただきたい。私は念じつつ、また一枚を足した。

「大事な紙を焼いてよろしいのでしょうか。故紙《こし》を商う者に出さなくてよろしいのでしょうか」

九歳の跡取りはこの春までは跡取りではなかった。三つ齢上の兄がいて、なにかにつけ、まとわりついていた。が、その兄が麻疹《はしか》に拐《さら》われ、俄《にわ》かの嗣子《しし》となった。当初は戸惑っていたが、だんだんと跡取りという装束に袖《そで》を通しつつあるようで、近頃は「故紙」などという言葉まで覚えた。

「しばし、待て」

私は残りの紙を丹念に一枚ずつ炎に呑《の》ませる。すべてがはらはらと黒く染まるのを見届けてからたっぷりと水をかけ、そして縁側で膝をそろえている跡取りに向き直った。

「紙はけっして焼いてはならん」

物は大事にせねばならんと日頃から口を酸っぱくして説いている。

「故紙を商う者に出さなくてはならん」

とりわけ、紙は貴重だ。

「が、これは灰にしなければならん。そういう書状であったということだ。おまえはけっして灰にせねばならぬような書状を書いてはならぬ。紙に申し訳が立たぬ。書いたものはすべて不用になり次第故紙商いに出すように」

「はい」

「それから、このことはけっして他言《たごん》してはならぬ。父との約定《やくじょう》である」

「はい」

「おまえは嗣子だ。守れるな」

「もちろんでございます」

小さな胸を張ったその顔が、真面目《まじめ》に頼もしかった。

今年三十二歳になられた御藩主から初めて書状を預かったのはふた月ほど前の九月十五日だった。

なんで、はっきりと日付まで覚えているかというと、その日が月次御礼《つきなみおんれい》の登城日だったからだ。

日頃は多くの家臣にかしずかれている御藩主も、公方《くぼう》様に御目通《おめどお》りする御城の内では供連《ともづ》れを許されずにたった独りになる。江戸屋敷の使命はとにもかくにも不祥事を未然に防いで御国の成り立ちを護《まも》ることに尽きるから、御藩主が無防備になる登城日は戦《いくさ》にも等しい。江戸屋敷に詰める者は、その日は早朝から気を張り詰めつづけることになる。それだけに、つつがない御帰還は勝ち戦に他ならない。当然、その宵《よい》は祝宴となり、数日来の緊張が解けた御藩主も柔らかな御顔で臨まれるのが常だ。が、その夕に限っては終始気分がすぐれぬ御様子で、宴席も早めにあとにされた。そして、それから一刻《とき》ほど経った頃、御小姓頭取《おこしょうとうどり》を仰《おお》せつかっている私を中奥《なかおく》に呼び出されて、言われたのである。

「次の評定所前箱《ひょうじょうしょまえばこ》は二十一日であったな」

評定所前箱というのは、いわゆる目安箱《めやすばこ》である。初めて有徳院《ゆうとくいん》様によって評定所前に置かれた享保《きょうほう》の御代《みよ》からすでに百年近くが経っているが、いまなお毎月二日、十一日、そして二十一日の三日間、同じ場処に据えられて訴状を受けつけている。誰もが当初は御主法替《ごしゅほうが》えの看板のようなもので、年が替われば消えていると観たらしいが、改革が終わっても評定所前箱はずっと生きつづけ、いまではそれを享保の政《まつりごと》の置き土産と識《し》る者のほうがすくない。

「仰せのとおりでございます」

私は陪臣《ばいしん》ゆえ御公儀の評定所前箱とは縁がないが、実は我が国でも昨年から、御主法替えを契機に国許《くにもと》で目安箱を実施している。箱訴《はこそ》の日取りをどうするかという段になって、御公儀に倣《なら》うこととし、毎月二日、十一日、二十一日に決した。それで評定所前箱の受付日も覚えている。

「その日に参って、これを入れてくるように」

私の答を聞くと、御藩主は脇にあった書状の乗った盆を前に押した。ふだん、御藩主が家臣になにかを渡すときは私を介するのだが、そのときは受け取るのが私なので、御《お》手《て》から頂戴するしかなかった。

「どのような書状であるかを伺《うかが》ってもよろしいでしょうか」

御国の目安箱のことなら多少は知っているが、評定所前箱のことはほとんどなにも知らない。知らないが、大名が御公儀の評定所前箱に訴状を入れるのがふつうでないことくらいは嫌《いや》でもわかる。たしか、箱訴を許されるのは幕府御領地に住み暮らす百姓町人に限られているはずだ。ただ「承《うけたまわ》りました」では済まない。

「その必要はない」

けれど、御藩主はきっぱりと言う。

「行って、入れればよい」

私はおやっと思う。日頃、そういう命じ方をされる御方ではない。庶子《しょし》でも養子でもなく、生まれついての御藩主であるにもかかわらず、ずいぶんと周りに心を配ることができる。

「余人《よじん》には任せられぬゆえ、そちに直々《じきじき》に頼む」

やはり、言葉が足される。とあれば、御藩主にとってはよほどのことなのだろうと受け止めざるをえない。ひとまずは黙って仰せつかるしかないようだ。

「かしこまりました」

幸い、二十一日まではまだ六日ある。たっぷりではないが、たとえ不測の文面であっても、手立てを講ずる猶予はあろう。すべては中身をあらためてからだと、私は思った。


江戸詰めの藩士の屋敷はいずれも江戸屋敷の敷地内にある。私はお近くにお仕えする近習《きんじゅう》なので、線香が一本燃え切らぬうちに己れの屋敷に着く。御殿から戻った私は早速懐中から書状を取り出し、封を開けた。

指を動かすと、「その必要はない」という御藩主らしからぬ声が過《よぎ》ったが、見てはいけないとは言われていない。それに、御藩主に黙って従うようでは近習勤めはできない。御意向に背《そむ》くような振舞いに及んでも、御藩主をお護りするのが近習の務めだ。

とはいえ、大名と御小姓頭取という関わりを取り払えば、行いそのものは他人の書いた文《ふみ》の盗み読みである。快《こころよ》くはない。文面を読み進めると、快くはないどころか、はっきりと不快になった。御藩主が書かれたものとはとうてい思えない。それに私信なら不快だけで済むが、箱訴の書状だ。御国の成り立ちに関わる。私は自分の読みまちがいを疑い、幾度となく目を通した。が、なにも変わらない。私はふーと息をついて腕を組み、天井を見上げた。

そのまま板目に目を預けていると、いろいろと思い出されることがある。青天《せいてん》の霹靂《へきれき》、ではない。そうなってみるまでは危惧もなにもしていなかったが、そうなってみれば心当たりがあって、なんで御藩主が本日、御帰還後に、このようなものを書かれたのか、察しがついた。おそらく、きっかけはたいしたことではないのだろう。江戸屋敷ではさまざまな幕吏に御用《ごようだの》頼みを依頼しており、その一人からは登城日の城中の様子を教えてもらうことができる。が、本日は、御藩主の周りの変事は伝えられていない。御用頼みの目には留まらない些細《ささい》なことが、御藩主の溜め込んだ想いの堰《せき》に罅《ひび》を入れて、憤懣《ふんまん》となって漏れ出たのだろう。

御藩主は生まれついての嗣子なので、この世に生を受けてから十七歳で初の御国入りを果たすまでずっと江戸で過ごされた。江戸にはおよそ二百六十の国々の江戸屋敷があるわけだから、おのずと、御藩主のようなお世継ぎもすくなくない。もしも屋敷が近ければ、人並みに幼馴染《おさななじ》みもできる。御藩主にも同い齢の幼馴染みがいた。幼い頃より共に剣術、弓術に乗馬、漢学、兵学に詩歌《しいか》等を学ばれたが、なにをやっても御藩主のほうが上手《うま》い。それも段ちがいに上手い。その上、姿形《すがたかたち》も御藩主は見るからに大名のお世継ぎ然としており、幼馴染みは明らかに見劣りがする。両家の家格が逆ならばそれで釣り合いがとれるのかもしれぬが、ほとんど似たようなもので、城中の控えの間も同じなので、周りもまあお二人の見た目に見合った対応をする。すると、人は他人という鏡に映った己れを見て自分をたしかめていくから、いつしか当人たちもそういうものかと思うようになる。というわけで、御当代様《ごとうだいさま》への初御目見《はつおめみえ》が許される頃には、もうはっきりと勝負がついている感があった。

ところが、である。二十代の半ばを過ぎた頃からどういうわけか勝負がついているはずの関わりが曖昧《あいまい》になって、そして、とうとう昨年、幕閣への足がかりとも言うべき御役目である奏者番《そうじゃばん》にその幼馴染みが先に就《つ》いた。むろん、幕府の御役目は御本人の力をそのまま映すものではない。まして、奏者番は本式の篩《ふるい》にかける前の御役目であり、就任には当人の資質にも増して、その国がどれだけ力を入れたかが……有体《ありてい》に言えばどれだけ費用を注《つ》ぎ込んだかが物を言う。その点、我が国は昨年、幾度目かの改革に手を着けたばかりで、さまざまに物入りであり、おのずとそちらのほうはそれなりだった。

だから、御藩主が御国の御重役方に不満を漏らしても不思議はなかったと思われるのだが、そのときの御藩主はほんとうにご立派で、不満などおくびにも出されなかった。先の目安箱の導入を唱えられたのも御藩主で、「目安箱などは八割方は不平不満のはけ口で、有用な献策《けんさく》など稀にしか期待できず、手がかかるだけで無駄である」という反対派に対して、御藩主は「はけ口、大いにけっこう」と言われた。「家禄の借上《かりあげ》をはじめ多くの負担を藩士に強《し》いるのだ。不平不満のはけ口くらい用意しないでどうする」と。

みずから他領の例を調べて効用を説かれたりもした。

「もはや新田開発の余地などないと見なされていた上総下総《かずさしもうさ》の幕府御領地に、五万石の適地があることが二人の浪人の箱訴によって明らかになった。土地は開発に移され、見逃していた勘定組頭らは御目見遠慮となった。とびきりの献策は年に一本もあれば僥倖《ぎょうこう》。また、その一本がなくとも、折に触れて箱訴に発する監察が入るため役人が襟《えり》を正すのに大いに寄与する」

反対派たちはいちごんもなかった。己れらが楽をするための反対であることを覆い隠しようもなかったのである。

だから、お近くでお仕えする者ほどさすがと思った。御国の改革をみずから牽引する御藩主にとって幕府の御役目などなにほどでもないのだ、と。むしろ、改革に専念するために御藩主のほうから奏者番を遠慮されたのだと。己れが想いたいように想って自分たちの気を軽くしただけとも言えるが、本気でそう信じている者だってすくなくはなく、かく言う私もその一人だった。

が、書状をあらためてみれば、私もまた、己れが想いたいように想って自分の気を軽くした一人であることを認めなければならなかった。そこには、幼馴染みが奏者番としていかにふさわしくないかが延々と書き連《つら》ねられていた。御藩主らしく、公平に記述しようと努めている姿勢は窺えたが、行き渡っているとは言いがたく、それこそ公平に語れば、執拗《しつよう》さが目立って処どころに毒も漏れ出ている。常の御藩主を能《よ》く識るつもりの私としては至って悲しい文面だった。

幼い頃から親しく交わった者が幕閣への踏み台に立っている。しかも、なにをやっても己れには遠く及ばなかった者だ。なんで自分ではなくて、あの幼馴染みなのか……。そのあまりにも人臭《ひとくさ》く、単純だからこそ猛々《たけだけ》しい想いは澱《おり》となって御藩主の胸底《むなそこ》に溜まりつづけていたのだろう。たとえば、殿中の廊下ですれちがっただけでも漏れ出してしまうほどに。

とりあえず私は評定所前箱がどのように運用されているのかを調べた。御国の目安箱を円滑に運用するための参考にしたいという体《てい》にして、箱訴を禁じられている者と内容に絞り込み、人を選び、場を選んで、調べた。

すると、現実の運用は高札《こうさつ》に記《しる》された明文《めいぶん》とはずいぶんと異なっていることがわかった。

高札では箱訴ができる者はやはり幕府御領地の百姓町人に限られている。が、実際は武家を排除しているわけではないし、他領の者の訴状も受けつけている。名を記さぬ訴状にしても、表向きは焼き捨てと打ち出しながら、中身によっては吟味に入っている。唯一、強く禁じているのは幕臣で、箱訴を認めると通常の指揮の系統をないがしろにする結果になるということのようだが、これにしたって調べに入った例がないわけではない。

つまり、いろいろ勿体《もったい》はつけているものの、実際にどうするかは案件次第ということらしい。その物差《ものさし》はただひとつ、御益《おえき》だ。御公儀にとって御益になることは調べ、御益にならぬことは調べない。御益になる訴状の間口を広く取るために、意図して運用の基準を曖昧にしているのだろう。

御藩主の書状は原則通りならば焼き捨てにならなければならない。が、かくなる物差からすれば、おそらく目付《めつけ》扱いの吟味に回されるだろう。諸国の弱みは御公儀の御益だ。

その結果、仮に、幼馴染みの資質の不足前《たらずまい》が炙《あぶ》り出されて、奏者番を解かれたとしよう。御藩主の願いは叶うが、その仕置きは一方で、出世争いに負けて嫉妬に狂い、幼馴染みを売った愚かな大名をも炙り出すことになる。幼馴染みの御家は当家に対して消えようのない遺恨を抱くであろうし、当家は当家で酷《ひど》く傷《いた》む。関わる誰もが傷ついて、得るものはなにもない。

調べた結果は調べずともわかるほどのものだったが、私は落胆しなかった。書状を読み終わったとき私はすでに、焼き捨てると決めていたからだ。とりあえず調べたのは、万にひとつ、焼き捨てることが御藩主の不利益に繋がるようなことがありうるかをたしかめるためだった。調べて結論を導き出したのではなく、結論は先にあって、その結論が誤まっていないか見極めるために調べたと言っていい。私は御国が壊れる事態にも増して、御藩主が壊れるのを怖れていた。

幼い頃からお仕えしていた者の贔屓目《ひいきめ》があるにしても、御藩主は凡庸な領主とはちがう。先の目安箱の例は、非凡ぶりを表わすほんの一端にすぎない。国許で執務をされるとき、御藩主は本丸御殿ではなく、藩校の一室を使われる。藩校は新設ではなく再開で、御世辞にも立派な施設とは言いがたい。が、御藩主がそこを政庁とすれば、経費が節減できるばかりでなく、施設の貧しさを補って、校生の学ぶ意欲を格段に高めることができる。

そのように万事に目配りが利《き》いて、私よりも十も齢下でありながら、我が身を振り返らせられることが多々ある。かかる書状を書かれるような人物ではない。この書状はいっときの気の揺れの跡であり、秀でた藩主といえども人であることを免れないという重い、しかし、ありふれた事実を伝えているにすぎない。けれど、いったん書状が表に出て独り歩きを始めれば、目安箱の件も藩校の件もあっという間に霧散《むさん》して、御藩主は執拗で毒の漏れる書状を書いた人物でしかなくなるだろう。そういう己れの像に、御藩主が耐えられるとは思えない。

もしも耐えられるとしたら、御藩主が執拗で毒の漏れる書状を書く人物になり切ったときだ。言霊《ことだま》などと言わずとも、文字には力があると私は信じている。書かれた文字は書いた者を縛る。文字の書かれた世界へ引っ張り込もうとする。このまま御藩主が書状を書きつづけて、文字が溜まりつづければ、そうならないとは誰も言えまい。だから、かかる文字を残してはならない。書かれるそばから消えなければならない。

で、私は周りから覗かれることのない中庭へ下りた。下りて、書状を地面に置こうとして、ふと想った。今頃、御藩主は甚《いた》く悔やまれているのではないか。あれは誤りだったと気づかれて、いまにも返せという命が届くのではないか。私は書状を懐中に戻して中庭から上がり、二十一日の夜明けまでひたすら御藩主からの御下知《おげち》を待った。そして当日、陽が上がり切るのを待って、再び中庭へ下りたのだった。

そのとき私が願ったのは、二度目はないことだった。お預かりするのも、灰にするのもこれっきり。あくまで、あの宵だけのいたずら書きで、二度目はない。常の御藩主を識っている私としては、それは法外の願いではないと思いたかったが、しかし、御藩主の〝気の迷い〟は、私が願うほどに浅いものではなかった。

次の評定所前箱の日である十月二日も、その次の十一日も、その次の次の二十一日も、私は御藩主から書状をお預かりして、開封して、目を通して、自分の屋敷の中庭で灰にした。二回目のときはそういうこともあるかと思うことができたが、三回目になると、自分の想っていたようなことではないのだろうと悟らざるをえず、月が十一月に替わると、已れが出口の見えぬ黒い流れに乗っているのをはっきりと察した。
書状を焼く手もだんだんと重くなって、それはきっと、書き蓄えられた文字の重さなのだろうと思った。いくら私が灰にしようと、それまでに書かれた文字は御藩主の裡《うち》に厚く蓄えられている。文字の力が溜まって、御藩主が認《したた》める文字をますます重くする。公平さがさらに薄れ、執拗さが際立ち、毒も隠しようがない。そうとわかっている書状を繰り返し預かり、封を開け、読み込み、中庭に下りる。私は御主君の命に背いてそうしているだけでも忠義と己れを慰撫《いぶ》して黒い流れを乗り切ろうとしたが、頼りになる跡取りに見咎められたあと、これではいかぬと思った。

こうしているあいだにも、御藩主は文字の力が組み上げる怨嗟《えんさ》の世界に引き摺り込まれている。このままではいずれ遭難して、こちらの世界へ戻ってこれぬやもしれぬ。もはや、書状を焼く忠義なんぞではどうにもならぬ。はっきりと諫言《かんげん》差し上げて、けっして書状を書かぬようお願いしなければならない。むろん、御咎めは避けられぬだろう。御目見辞退や御役目返上なら望外《ぼうがい》、召し放ちや自裁をも覚悟しなければならぬ。が、そこまで腹を据えて初めて忠義であり、近習勤めだろう。

そうと考え至ったとき、私のほんとうの黒い流れが動き出した。とたんに私は逃げ回ったのである。

まだ、ふた月ではないか、もうひと月、様子を見たらどうか。

とりあえず、まだ、なにも異変は起きていない。その徴《しるし》を見極めてから対処を考えても遅くはないのではないか。

己れ独りの考えでは短慮になる。いまはまだ誰にも相談はできぬだろうが、事がはっきりとし出せば人の意見を求めることもできる。そのとき寄合《よりあい》を持って、さまざまな良策を持ち寄ればよい。

まったくもって、気持ちわるくなるほどに真っ当な、つまりは、なにも動かぬための小利口《こりこう》な言い分が次々と湧き出て、私は甚く落胆した。赤裸《せきら》になった私はどうしようもなく小心で、腹が据わらず、怖《こわ》がりだった。別に己れという人物を恃《たの》んでいたわけではない。が、もうすこしマシだってよかろう。

そうと気づくと、書状を焼くことさえ芝居がかって思え、二度と焼くまいと念じた。とはいえ諫言はせず、書状も焼かぬとなれば、残るは箱に入れるしかなくなる。さすがに、それはありえない。切羽《せっぱ》詰まった私は期限を切ることにした。期限を切って、諫言に踏み切ることにして、どうせなら早いほうがよかろうと、十二月最初の箱訴の日である二日と決めた。あと六日だ。

近習勤めにはめったにない非番となった次の日、私は中庭ではない庭で落ち葉を掃いていた。跡取りが犬っころのように走り寄ってきて、「今日は焚き火をされぬのですか」と言った。「焚き火がしたいか」と問うと「はい」と言う。私は跡取りに火口《ほくち》を取りに行かせて、そのあいだに落ち葉を積み上げた。物置へ行って芋も見つけ、落ち葉のなかに潜《もぐ》らせる。火を点《つ》けると、晴天つづきで十分に乾いた落ち葉で、わっと炎が上がり、跡取りが大きな歓声を上げた。この分ならさぞかし芋もよく焼けるだろうと期待したが、取り出してみれば半焼けまでもいかず、がりがりとして喰えたものではない。それでも、いい焚き火だと、これこそが焚き火だと、思った。

焼き芋のほうは買い求めることにして外へ出る。御国の江戸屋敷は町人地との際《きわ》にあって、裏門の外に芋屋が屋台を置いている。歩を進めると、痩せつづけてきた気力が犬っころのお蔭でずいぶんと戻っている気がして、これならば五日のち、たしかにお諫《いさ》めできそうな気がした。その日もまた、小さな跡取りが頼もしく見えた。

そのささやかな自信が脆《もろ》くも崩れたのは評定所前箱の受付日の、そして、私が己れで定めた期限の前日の十二月一日だった。

なぜか、その日まで御藩主から書状をお預かりしていなかった。もっと以前ならば、もしや筆を擱《お》かれたのではと期待もしただろうが、いま、そうと考えれば悠長も甚《はなは》だしい。きっと、なにかもっと、起きて欲しくないことが起きたにちがいないと覚悟せざるをえなかった。

「少々、厄介なことになったぞ」

覚悟が当たったのを私に告げたのは、廊下で顔を合わせた江戸留守居役の者だった。

「あの御奏者番を務められている幼馴染みの御藩主な……」

私は息を呑んで次の言葉を待った。

「近々、若年寄《わかどしより》に進まれるらしい」

「まことか！」

若年寄ならば、紛れもない幕閣だ。

「まだ御公儀の触れはないが、御用頼みの方々の話もそういうことで一致している。もはや動くことはあるまい。しかもな、若年寄は若年寄でも、ただの若年寄ではない」

「と言うと……」

「勝手掛《かってがかり》を兼務される」

思わず、全身の力が抜けそうになった。財務を担う勝手掛若年寄は平《ひら》の老中よりも威勢がいい。

「御藩主はご存知か」

「城中で控えられる殿席《でんせき》でも、もっぱらの噂のようだから、まず、御耳に入っているとみてまちがいはあるまい」

それだ、と心当たらざるをえなかった。それで、書状をお渡しにならないのだ。奏者番でも、あの有様《ありさま》だ。それが若年寄だ。あろうことか、勝手掛若年寄だ。これまでに倍する書状を認めておられるのか。もはや、書状などでは已れを御《ぎょ》することができず、私の想像もつかぬ怨嗟の容れ物をご用意されているのか。ようやく腹を据えた明日の諫言が、天をも焦がそうとする火柱《ひばしら》に一滴の水を放つ仕業《しわざ》と思えて、揺らぎに揺らいだ。

それでも、その夜、跡取りの寝顔を見に行った私は、やはり、お諫めするしかないと思った。一滴の水でもいい。瞬時に霧散してもいい。この子のためにも明日、御藩主に正面から対して、目を合わせなければならぬと念じた。

翌朝は、私が御目通りを願い出る前に、御藩主のほうから御呼び出しがあった。晒《さらし》を巻いていこうかという気になりかけたが、いつものとおりにと思い直して、御藩主の居間に向かった。不思議と脈は上がらず、拍が強まることもなかった。

「来たか」

想わぬ鎮《しず》まった声で、御藩主は言われた。

「はは」

私は〝そのとき〟を窺う。頃合いを見るのではなく、最初から御藩主の瞳を見据えてお諫めする瞬間を計る。

「そちも存じている、余《よ》とは幼馴染みの御奏者番な」

いきなり、来られた……。

「このほど、御勝手掛若年寄に就かれるらしい」

声の色は変わらない。

「さようでございますか」

「能く存じおる御方が栄進の路を歩まれてまことにめでたい」

「御意《ぎょい》」

一音《いちおん》、一音、たしかめるが、不穏は潜んでいない。

「ついては、然《しか》るべき御祝いの品々をそちが選んで、くれぐれも失礼のなきようお贈りするように」

あまりにも平穏で、長閑《のどか》だ。

「気持ちのこもったものがよい。概《おおむ》ね固まったら、余に知らせるように」

「心得ましてございます」

気持ちのこもったもの……。

「以上だ。下がってよい」

「卒爾《そつじ》ながら」

「なんだ」

「本日は、御書状は……」

「ない」

間を置かずにつづけられる。

「以降もない」

「承りました」

膝行《しっこう》して退《しりぞ》こうとしたとき、御藩主が言葉を足された。

「苦労であった」

脈が上がり、拍が強まったのは退いてからだった。

まさに狐につままれたようで、手痛いしっぺ返しを予期した。

灰になった文字が私の裡にも溜まっていて、安堵はいかにも遠かった。

が、揺り戻しはなにも起こらなかった。

御言葉どおり、幼馴染みへの贈り物は「気持ちのこもった」品々が選ばれ、預けられる書状は「以降」一通もない。

あれからひと月が経ち、ふた月が経っても、御藩主は周りに心配りができる、英明な御主君のままだ。

いったい、なにが起きたのか……。

いちばんもっともらしいのは、幼馴染みが手の届きそうな奏者番から、勝手掛若年寄というあまりにも遠い処へ行ってしまって、もはや、嫉妬を向ける的《まと》ではなくなってしまったという説だ。

背中が見えているうちは張り合おうとして、空回りをすれば醜い妬《ねた》みともなるが、すっかり遠ざかって視野から消えてしまえば張り合う気持ちも失《う》せるというわけだが、さて、どうか……。

それよりも私には、あの席で最後に御藩主がおっしゃった「苦労であった」がずっと引っかかっている。

もしかすると御藩主は、私が預かるたびに書状を焼き捨てていたことをご存知だったのではないか。

さらに穿《うが》てば、私が灰にするのを見越して預けられていたのではないか。

もしも、そうだとすれば、あれはまさしくいたずら書きで、私が意を決して諫言するまでもなかったことになるが、しかし、私は跡取りの寝顔を目にするたびに、そうはならなかったにせよ、あのとき想いを切って、ほんとうによかったと思うのだ。

江戸染まぬ

「おめえだから言うんだけどさ」

と仁蔵《じんぞう》は言った。

「五両あったら、昔、故郷《くに》で小作《こさく》をしていたときの田んぼが買えるんだ」

いったい、これで何度目だろう。さすがに聴き飽きて、もううんざりさえしない。

「その五両がようやく貯まった。年季が明けたら俺は故郷へ帰《けえ》るぜ」

仁蔵は五十の半ばらしいが、酒を飯代わりにする暮らしのせいだろう、七十近くにさえ見える。いくら一季奉公《いっきぼうこう》とはいえ、よく雇われたもんだ。

「赤の他人なら真《ま》に受ける奴だって居るかもしんねえ」

酒焼けした仁蔵の顔は目に入れずに俺は言う。

「五両目当てに刺されたくなかったら口つぐんでちゃあどうだい」

「嘘じゃねえさ」

仁蔵はむきになる。まだ、むきにもなれるようだ。

「来月だ。来月になったら、もう俺は江戸に居ねえ」

来月は三月。人宿《ひとやど》から送られる一季奉公人の出替《でがわ》り時期だ。一年限りの武家屋敷勤めがもうすぐ終わる。歳《とし》と釣り合わねえ衰えぶりからしたら、仁蔵はこんどこそ雇い止めだろう。二人で三畳の下男部屋さえ失う。おそらくは人宿が抱える寄子《よりこ》にも戻れまい。人別《にんべつ》も帳外《ちょうはず》れになるってことだ。だから、「江戸に居ねえ」のは嘘じゃなくなるかもしれねえ。江戸ではないこの世か、あの世かはわからねえが。

「わりいが明日早い」

俺は冷たい布団に潜り込んで仁蔵に背を向ける。

「先に寝かせてもらうぜ」

黙って突っぱねりゃあいいものを、つい「わりいが」なんていう余計が口を衝《つ》いちまうのは仁蔵が俺だからだ。俺と仁蔵を分けるものはひと回りの歳の差くらいしかない。そして四十《しじゅう》を過ぎたらひと回りの歳の差なんて戸の隙間から迷い込んだ雪の片《ひら》みてえに消えてなくなる。

明日、起きてみたら、俺は酒臭い息を吐きながらひと回り下の相方《あいかた》にくどくどほざいているんだ。「おめえだから言うんだけどさ」って。「五両あったら、昔、故郷で小作をしていたときの田んぼが買えるんだ」って。ない小判を見せびらかして、こいつが刺してくれたらなと願いながら。俺たちゃみんな、江戸染まぬ輩《やから》だ。

村では村に染まらなければ生きていけない。稲《いね》の暦《こよみ》にべったり躰《からだ》を重ねて、辛気臭《しんきくさ》い村掟《むらおきて》となんとか折り合う。田畑《でんぱた》の技も躰に入れなきゃなんねえ。やりたくもねえことを嫌《いや》でもやってようやっと喰える。村で生きれば村染まる。そいつが堪《たま》らなくなって欠け落ちてみりゃあ、江戸には一季奉公の口が溢れている。

武家がかつかつになって、屋敷からお抱えの奉公人の姿は消えた。陸尺《ろくしゃく》も中間《ちゅうげん》も小者《こもの》もみんな一年こっきりだ。武家地は一季奉公で回っている。どこの大名屋敷へ行っても中間が四角い釘抜き紋の半纏《はんてん》を羽織っているのは人宿のお仕着《しき》せだからだ。旗本屋敷には譜代《ふだい》の家侍《いえざむらい》さえ居ない。よほどの大身《たいしん》でもなけりゃあ、一季奉公の百姓が侍の形《なり》して体裁《ていさい》をつくる。錆《さび》で抜けない二本を差して〝拙者《せっしゃ》〟とか言う。江戸は躰さえ動きゃあその日から勤まる仕事で溢れている。

技なんぞ要らない。人と繋《つな》がらなくたっていい。煩《わずら》わしさはうっちゃる。忠勤《ちゅうきん》励めば雇うほうが面喰らうだろう。偏狭《へんきょう》でも怠惰《たいだ》でも自惚《うぬぼれ》でも浅薄《せんぱく》でもお構いなしだ。おまけに、てめえの足を動かして人宿を目っける必要もない。五街道の端《はな》の宿場の江戸《えど》四宿《ししゅく》……千住《せんじゅ》、板橋《いたばし》、内藤新宿《ないとうしんじゅく》、品川《しながわ》の入り口には、人宿の番頭や手代が江戸上がりしたばかりの田舎者《いなかもん》に目を光らせている。右も左もわからねえうちに寄子に囲い込まれるってわけだ。

四宿は江戸とはちがう。江戸は野放図《のほうず》に広がるばっかで、どこまでが江戸なのかは江戸が長え奴《なげやつ》ほどわからねえらしいが、四宿ははっきり江戸から外れる。千住、板橋の賑《にぎ》わいに度肝《どぎも》を抜かれて江戸に着いたつもりになっていた俺たちは、本物の江戸の風に吹かれる前に一季奉公の囲いに誘われて、村を欠け落ちたときの了見《りょうけん》のまんま江戸を生きる。放し飼いに馴れ切って江戸をこさえる木組みのどこにも引っかからねえ。で、どこにも留まらない俺たちは放浪する。幾つになっても定まりようがねえ。江戸に居て江戸染まぬ。江戸は言うかもしんねえ。おめえは誰だって。姿《すがた》、見えねえよって。居ねえ者《もん》は染めようがねえだろう。もう若かねえ俺たちはへへと笑って照れ隠しをする。そして声には出さずに吐き捨てる。まともな台詞《せりふ》は言いっこなしだぜ。

「明日早い」のは言い訳じゃあない。

まだ陽《ひ》が上がる前の七つ半、俺は旅支度《じたく》で勝手口《かってぐち》の土間《どま》に立つ。月は二月で季節は春だが、彼岸《ひがん》はまだで夜のほうが長い。明け六つを待っていたら、屋敷は江戸の東の根岸《ねぎし》だし、それに女連れだ、西の青山《あおやま》から渋谷《しぶや》村へ抜けて、今日の泊りと決めた大山道《おおやまみち》の荏田《えだ》宿に着く頃にはとっぷりと陽が暮れちまう。

去年、大山詣《もう》でをしたという出入りの炭屋に様子を聞いたら荏田宿界隈《かいわい》には狼《おおかみ》が出るらしい。荏田は大山道の北沿いに昔の城跡《しろあと》がある。昼間はそこを根城《ねじろ》にしてうろつく犬やはぐれた鶏を狙うのだが、夜になると群れで宿場に下りてきて喰い物を漁《あさ》るのだそうだ。で、土地の者は陽が落ちたら戸を閉め切って誰も出歩かないという。

用心のために匕首呑《あいくちの》んだが、狼の群れ相手に振り回すのは願い下げだ。それに女連れとはいっても相模国《さがみのくに》の里に戻る女の御供《おとも》で、こいつはちっとばかりどころかたいそうな訳ありだ。とりあえず、狼どもの餌《えさ》に差し出すわけにはいかない。大事をとりゃあ手前の宿で草鞋《わらじ》を脱ぎたいところだが、となると溝口《みぞのくち》泊りになって、女の里の高座郡《たかくらごおり》に着くにはもう一泊しなきゃなんなくなる。で、まだ暗いうちに発《た》つ。

旅に使う小さく納まる提灯《ちょうちん》を広げていると、手燭《てしょく》を持った用人の手嶋《てじま》が女と現れる。先に土間に降りて傍《かたわ》らに立つと大きく「では頼んだぞ」と言ってから、俺だけに聴こえる声になって「芳《よし》様には十両、お渡しした」と耳打ちした。「道中、くれぐれも注意を重ねてお護《まも》りするように」。

別にいまさら言わずとも昨夜聞かされている。いかにも大金めかして十両を口にしたが、俺はしみったれてやがると呆れた。まっとうな家なら少なくて切餅《きりもち》二つの五十両だろう。あらためて、しみったれじゃあなくて貧乏なだけなのか、しみったれでも貧乏でもあるのかなんて思っていると、重ねて「十両だぞ」と念押して、俺は半月ばかり前に庭に落ちていた仔猫《こねこ》の首を思い出した。

烏《からす》がなにかを啄《ついば》んでいるのでなんだと思って見たら切り取られた仔猫の首だった。その前の日に、離れた処からの斜《はす》の向きだが、俺は庭にしゃがんで野良の仔猫に餌をやっていた手嶋を見ている。手嶋は猫も犬も毛嫌いする。くんくんと寄って来る仔犬の横《よこ》っ腹《ぱら》を顔色変えずに蹴りとばす。めずらしいこともあるもんだと目を遣《や》っていたら、仔猫がくしゃみのような音を立てて喰ったものを戻し、手足を痙攣《けいれん》させて倒れた。石見銀山《いわみぎんざん》の鼠《ねずみ》捕りでも混ぜたんだろう。

目を背《そむ》けて立ち去るにはそれだけで十分で、首切るところまでは見ちゃいねえが、屋敷でそこまで毒を煮詰めていそうなのは手嶋くらいのもんだ。どいつもこいつも毒溜め込んじゃあいるが、仔猫の首は掻《か》っ切るめえ。理由なんて知りたくもねえし、毒はどんな飛び散りかただってする。それから数日経った日にも首を咥《くわ》えて飛び立つ烏を見かけたが、こういう奴は歯止めが効《き》かねえ。俺はそのうち手嶋が仔猫じゃ我慢できなくなるんだろうと想ったものだった。

ひょっとすると次は俺かもしんねえ。さすがに人の首は切らねえかもしれねえが、事故にかこつけて片手くらいは落とす算段を企《たくら》んでたっておかしかねえ。俺は出替りの三月まで、とにかく気を抜いちゃなんねえとてめえに言い聞かせた。

でも、手嶋の様子からすると、狙いは俺じゃあなくて芳のようだ。あるいは芳と俺のようだ。

手嶋が十両を念押しするのは「くれぐれも注意を重ねてお護りする」ためなんかじゃあない。逆に、俺に芳を襲わせようとしているのだ。昏《くら》い路《みち》で柔らかい首ひねるだけで十両が手に入るぞと唆《そそのか》している。／十両なんて見たこともねえだろう／おまえらが一生かかったってありつきようがねえ大金だ／そいつが庭木の枝を折るよりも簡単に手に入る／さあ、踏ん切れ／やると決めるんだ／

ひょっとすると、こいつは俺たちを付けるつもりなのかもしれない。いつ俺がやるか、わくわくしながらあとを追う。望みどおりに俺が絞めたら、悶《もだ》える芳を目で舐《な》め回して欣喜《きんき》するんだ。そうして、凶事を犯した俺を愉悦《ゆえつ》の笑みを浮かべながら誅殺《ちゅうさつ》する。

「承《うけたまわ》りました」と手嶋に答えながら、その手には乗らねえぜと俺は思う。おめえの薄《うす》汚《ぎた》ねえ毒に付き合うなんざまっぴらだ。それにそんな危ない橋を渡らなくたって半分の五両なら芳がらみできっと手に入る。それも、ただ口をきくだけでだ。おっかねえ十両と朝飯前《あさめしまえ》の五両を選ぶとなりゃあ、五両を取るに決まっている。

「じゃ、芳様、参りましょうか」

俺は呉服屋の手代のような声をつくって呼びかけた。

戻ったら早速中番屋《なかばんや》に足運ばなきゃなんねえと思いながら。


中番屋、と言ったたって知る奴あ少ない。

大《おお》番屋のまちげえじゃねえのかい、と首を傾《かし》げる。

でも、あるんだ、中番屋は。

おおっぴらにはできねえ番屋だから、場処は大番屋のなかでもいっとう岡っ引きが集まる一軒のすぐ近くとだけ言っておこう。

大番屋は別名調べ番屋で、自身番《じしんばん》にしょっぴいた縄付きを取り調べるときに使うんだが、中番屋はまるっきりちがって、岡っ引きどうしが縄付きを取っ替えたり売り買いしたりする。縄付きの、もっと言やあ事件そのもんの市場《いちば》といったところだ。

芝《しば》の岡っ引きが浅草《あさくさ》で縄付きを上げたとする。でも、東の浅草から西の芝までしょっぴくのは遠くて面倒だ。あとも、もろもろ手間がかかる。そんなときゃ、浅草の岡っ引きが抱えている頃合《ころあ》いの縄付きと交換する。頃合いなのがいなかったら売っ払《ぱら》う。最初はそんな理由で始まったが、そのうち事件そのものを取引するようになった。むろん、事件はカネになるからだ。

岡っ引きに給金は出ない。てめえで凌《しの》いでいかなきゃなんない。捕物の手柄重ねて御《ご》番所《ばんしょ》に貸しをつくるまでになりゃあ、手札《てふだ》もらってる同心《どうしん》からまとまったものが渡されて女房に商いのひとつも任《まか》せられる。顔が売れるから、まともな相談事もあちこちから持ち込まれるようになる。でも、そんな身ぎれいな〝親分さん〟はほんのひと握りしかいねえ。もともとが悪党のことは悪党がいっとうよくわかるってことで集めた連中だから際《きわ》どいことだってお手のもんだ。縄付きの取引どころか、危なっかしくはあるがまだ罪には手を染めてねえ半端者《はんぱもん》を無理やり縄付きに仕立てたりする。

で、野郎と関わりのある連中に持ちかけるんだ。このまんまいきゃあほんとうの縄付きになっちまうが、俺が口ききゃあ内済《ないさい》で済ますことができるんだが、ってね。身内や仲間内から縄付きを出すと連座《れんざ》の制があるからあとあとひどく厄介《やっかい》だ。吟味のために御番所通いする手間だけだって商売上がったりになる。岡っ引きから水向けられたら、まず断われる奴はいねえ。

こいつがもっと行くと、縄付きのでっちあげも要らなくなる。大店《おおだな》の放蕩《ほうとう》息子が吉原《キタ》に入り浸って払いを滞《とどこお》らせる。いつでも払えるんだからどうってこともねえはずだが、派手な遊びっぷりが地回《じまわ》りに目を付けられてるようだぜ、って岡っ引きが親の主人に注《ちゅう》進《しん》したらどうだ。跡取《あとと》りの躰も大事《でえじ》だろうし、騒ぎになるだけだって看板が疵《きず》つきゃあしねえかい、と出られりゃあ、ま、とりあえず、とりなしを頼んどくかってことになる。

看板守んなきゃなんねえ家や外聞憚《がいぶんはばか》る家は、脛《すね》に疵持たなくたって頼みを入れる。かすり疵でもありゃあ、なおさらだ。厄介をカネに換え慣れた連中の手練手管《てれんてくだ》ってのはそれはすげえもんで、奴らが金魚を鯉《こい》だと言やあ立派な鯉に見えてくる。で、どんな疵でもカネに化ける。旗本がらみだって大名がらみだって、おとなしく退《ひ》いたりはしない。てめえらの手に余るとなったら、武家ばかりを狙う奴らに又売りする。ツボさえ押さえりゃあ武家ほど外聞が先に立つ家はないから、いい商いになるらしい。

で、中番屋はいよいよ繁盛して、筋のいい疵話《きずばなし》はいつも足りねえ。岡っ引きの手下《てか》でもねえ俺が出入りしているのもだからだ。別に商いのネタになる話を売って泡銭《あぶくぜに》手に入れるために武家の一季奉公をつづけてるわけじゃあねえが、想いもかけずに生まれて初めて小判を手にしてからはその気で聞き耳立てるようになった。いまじゃ中番屋でも顔を覚えられるくらいにはなっている。だから、手嶋の十両にはぐらりともしねえ。迷わず、口きくだけの五両を採《と》る。芳の一件なら立派に売れる。

江戸は日稼ぎを入れりゃあ、江戸染まぬ奴らのほうが染まった奴らよりもはるかに多い。大事な外聞ぶっ壊す巷《ちまた》の噂の勢いは、流す奴らの数と熱で決まる。こんときばかりは江戸に染まりたくても染まれねえ輩が主役張るってわけだ。たとえ数が同《おんな》じだって溜め込んだぶすぶすの熱は比べもんになんねえ。だから中番屋に集まってくる連中は、江戸染まぬ輩に受ける話を仕入れたがる。世間から嗤《わら》われる奴らが嗤える話を仕入れたがる。お誂《あつら》え向きが武家の疵話だ。弱《よえ》え者《もん》は弱え者を嗤う。大店の商家は嗤おうとしても空《くう》を切るが、いまの力がなくなった武家ならその気で嗤える。気散《きさん》じができる。芳の話はぴったりだ。


俺と芳があとにしてきた屋敷はある大名家の江戸屋敷ってことになる。ただし、上屋敷でも下屋敷でもない。

言ってみりゃあ藩がてめえのカネで手当する抱《かかえ》屋敷になるんだろうが、それにしちゃあずいぶんと小ぶりで、大店の別荘にあっさり負ける。だから使用人も少なくて、下男二人と下女二人、それに飯炊きの婆さん一人しかいねえ。藩士も用人の手嶋一人だけだ。この小っちゃさがまず嗤える。

物置代わりに使うってんなら小っちゃいとは言えなかろうが、そうじゃあねえ。手嶋は屋敷の主《あるじ》を「御老公《ごろうこう》」と呼ぶ。いかれた手嶋のことだからどうせ与太《よた》だろうと踏んでいたらほんとうらしい。「御老公」は御老公らしい。隠居した先代の殿様だ。二年前に代を譲《ゆず》った当座は下屋敷に居たらしいが、いまの殿様から目障《めざわ》り呼ばわりされて、根岸の里と言やあ聞こえはいいが、周りが畑だらけで肥《こえ》の臭いが届くことさえあるちっぽけな別荘を借りた。いくら一万石をちっと超えただけの田舎大名とはいっても情けなかねえか。

この御老公がまた嗤えるんだ。老公なんて言やあよぼよぼの爺さん想い浮かべるだろうが、屋敷の老公は若い。うんと若い。なんと二十一だ。殿様を退いたのは二年前だから、老公になったときは十九歳だった。二十歳《はたち》にもなんねえ御隠居さ。別にでっかい不始末をしでかしたわけでも、重い病《やまい》にかかったわけでもない。カネさ。借金だよ。いまどき借金で首回らねえ大名なんてめずらしくもねえが、老公の藩はいよいよ大名の看板下ろすかってとこまで追い込まれたらしい。で、十九の殿様を御老公にして、余所《よそ》の大名家の次男坊だか三男坊だかを新しい殿様に据えた。

新しいとはいってももう三十を過ぎたずいぶん薹《とう》の立った殿様らしいが、その殿様に付いてくる持参金で急場を凌ごうとしたってわけさ。薹の立ってる分、弾《はず》んだらしいぜ。こうなると江戸染まぬ俺の目にだって老公が不憫《ふびん》に見えてくるってもんだが、三十過ぎの殿様にしたって弱ったろう。下屋敷に行くたびにてめえが追い出した十九の御老公に〝父上〟って挨拶しなきゃなんねえんだから。目障りなのもわかるってもんだけど、ほらっ、弱え者は弱え者を嗤うからさ、こういう哀れっぽいのが嗤えるんだよ。芳の話にしたってそうだ。

老公は十九で老公になった。いまだって二十一だ。そりゃ、女が欲しいさ。でも、十九だって二十一だって御老公だ、奥方は迎えらんねえ。で、下女の一季奉公してた三つ歳上の芳がとりあえず御相手を務めることになった。手嶋が水向けたら二つ返事で受けたらしいぜ。まんま〝相模の下女〟さ。

江戸で誰からも馬鹿にされるのが〝越後《えちご》の米搗男《こめつきおとこ》〟と〝相模の下女〟だ。〝越後の米搗男〟は〝椋鳥《おしな》〟とも呼ばれる。冬の出稼ぎの頃になると越後から小さな群れで江戸を目指して、やがてそいつらが集まってでっかい群れをつくる。場処がどこだろうとお構いなしで大声で喋《しゃべ》りつづけてやかましい。その群れ方がムクドリそっくりだってわけで〝椋鳥〟になった。押し寄せた〝椋鳥〟は米搗きだろうと水売りだろうと人の嫌がる仕事を安いカネで請けて手間賃の相場を下げる。そりゃ、好かれはしねえや。

〝相模の下女〟のほうは、垢抜《あかぬ》けねえ代わりに気がいいのが取り柄《え》だが、尻が軽くて誰とでも寝るってことになってる。なんせ、江戸のある武蔵《むさし》とひっついてるから、相模の薄ら寒い村で口減らしといやあ武家奉公だ。当然、江戸の武家屋敷じゃあ相模の在《ざい》から出てきた下女ばかりが多くなってやたら目立つ。で、そんな巷語《こうご》も生まれたんだろうが、いるんだよ、真《ま》に受ける馬鹿《ばか》が。芳は自分から〝相模の下女〟に嵌《は》まって、そういう頓《とん》珍漢《ちんかん》野郎をまた増やしちまったわけだ。

でも、老公は果報《かほう》だったと思うぜ。芳は俺とも仁蔵とも手嶋とも寝なかったから〝誰とでも寝る〟女じゃぁなかったが、〝垢抜けねえ代わりに気がいい〟点じゃぁ、まさに〝相模の下女〟だった。手が付いたからって御部屋様《おへやさま》然なんてしちゃいねえ。手嶋もさすがにどう扱ったものか困惑したらしいが、芳のほうから下女のままでいることを望んだようだ。躰を動かしていたほうが楽だからってね。働いてねえと気が休まらねえ女なんだよ。

俺は去年の三月からだが、廊下で初めて会ったときの芳は紺と茶の縞木綿《しまもめん》に襷掛《たすきが》け姿で雑巾を絞っていた。見た目もまんま〝垢抜けねえ代わりに気がいい〟だ。けど、芳に限っちゃぁ〝垢抜けねえ〟は揶揄《やゆ》する言葉じゃぁねえ。陽をいっぱいに吸った稲藁《いなわら》みたいなあったかさが逆に男にはぐっとくる。もっとも、俺みてえな四十過ぎの逸《はぐ》れ者《もん》は別だ。芳に微笑《ほほえ》みかけられると、てめえが放り出しちまったもんを見せつけられるようでさ、勧めた当座は寝つきがわりい日も多かった。とっくに打っちゃったつもりでいた、もしもあのまま村に居たら、なんて想いが勝手にぶり返しちまうのよ。取り戻しようもねえもんが目の前にあるってのは酷《こく》さね。でも、老公は若者《わかもん》だからさ。若えのにいろいろあった若者だから、なによりの相手だったろうよ。芳は疲れに効くんだ。

そういうわけで、芳と老公はしっくりいって去年の秋には子もできた。男の子だ。二人は喜んだけど、同じ頃、三十過ぎの殿様にも子が生まれてね、けど、そっちは女の子だった。たまたま最初の子がそうだっただけで次はわからねえはずなのに、人の気分ってのはおかしなもんだね、それだけで家中《かちゅう》の気配が妙な風に変わったらしいよ。手嶋の話じゃあ、老公が老公になるときも養子を迎えるかどうかで小っちゃな藩がまっぷたつに割れる寸前になって、いまでも終わった話じゃないらしい。けっこう燻《くすぶ》ってて、ひょんなことからぼっとなりかねねえようだ。芳の子は血筋で言やあずっとつづいてきた大名家の血を引くわけだから、十分に火種《ひだね》になるってことなんだろう。で、誰が仕組んだかは知らねえが、芳は宿下《やどさ》がりって始末になった。二度と戻らねえ宿下がりにな。芳と老公は気も肌も合うから一緒に居たらこの先もぽこぽこ火種ができちまうってことなんじゃあねえか。

俺が奉公する前の屋敷のことは、なんてこたねえ、手嶋から聴いた。愚痴《ぐち》、垂《た》れ流すんだよ、手嶋は。

こっちは下男で躰動かさなきゃなんねえ用事がいっぱいあるから、じっと座って聴いてるわけにはいかねえんだが、俺の行く先々まで追いかけてきて喋りつづけるんだ。病だね、ありゃあ。

最初は一季奉公の下男にそんなこと話してなんになるんだと呆れたが、すぐにあきめて右から左へ聴き流すようにした。俺が口をきくのは「へえ」と「そうですかい」と「なるほど」の三つだけだ。適当に相槌《あいづち》並べるだけでまるっきり聴いちゃあいねえんだが、それでもひでえときは半日以上も側《そば》を離れないからさ、抜け切らなくて残っちまうんだよ、話が。

話す中身は一つしかない。なんで自分一人だけがこの屋敷で用人やらされなければならないんだっていう憤懣《ふんまん》さ。そいつを手《て》を替え品《しな》を替え語りつづけるんだ。てめえをひたすら憐《あわ》れんで同情欲しがるから、話は用人奮闘記になって屋敷内のあらゆる動きを話すことになる。こんときはこうやった、あんときはああやったってね。これほどがんばってるのに戻れないってわけだ。勤めて何日も経たねえうちに俺は屋敷の生き字引さ。

こっちは立ち働いてなんぼの下男で愚痴の聴き役じゃあねえ。ただ聴かされるんじゃああんまり間尺《ましやく》に合わねえから、さっさと中番屋に売りに行こうと思った。手嶋のことにしてからがネタになる。なにしろ、御家《おいえ》の内幕を洗いざらいどこの馬の骨ともわからねえ野郎に洩《も》らしちまうんだから。あいつの毒をカネに換えなきゃあ収まらない気がした。でも、結局、とどまった。芳がからむからさ。

屋敷の疵話が小判に換わるのにしくじって噂が広がったら、芳は〝相模の下女〟の引《ひき》札《ふだ》になりかねねえ。きっと、〝垢抜けねえ代わりに気がいい〟はどっかにすっ飛んじまって〝尻が軽くて誰とでも寝る〟とこだけが独り歩きしちまうんだろう。そいつだけはなにがあっても避けなきゃなんねえと思った。なのに、いまんなってまた持ち込む気になっているのは、昨日、芳に渡すカネが十両と聞いたからさ。いくらなんでも少なすぎるだろう。

老公の相手を務めるとなったとき、手嶋は月々雀《すずめ》の涙《なみだ》を渡そうとしたが、芳が断わったらしい。だからといって、はい、そうですか、はねえもんだ。下女の給金だけで二年も相手させて、まかりまちがったら次の殿様になるかもしんねえ子をつくらせて、あげく宿下がりのひとことで芳だけおっぽり出しといて、それで得意げに「芳様には十両、お渡しした」はねえよ。

芳はもう二十四だ。来年になったら中年増《ちゅうどしま》だぜ。里に戻っていい嫁入り話がありゃあいいが、もともと口減らしが当たり前の土地だ。たとえ縁付いたとしたってそれで安泰ってわけじゃねえ。暮らし向きのことだけじゃねえよ。いくら出稼ぎの下女奉公といったって、江戸暮らしが長かったことは長かった。在しか知らねえ亭主だったら、どこをどうやっても合わねえことだってあんだろう。俺たちとおんなじ奉公人の飯を喰って老公の面倒見て下女勤めも手抜きなしだった屋敷での芳を知ってりゃあ、せめて、これからどう転んだって、とりあえず先立つものだけには困らねえようにしてやりてえじゃねえか。いくらで売れるかは知んねえが、わるくともあと十両は持たしてえ。

芳がどう思ってるかはわからねえ。実あ、一年も同じ屋根の下に居ながらまともに話したことがねえんだ。芳から話しかけられてもいい加減にはぐらかして相手にならないようにしてきた。なまじ親しくすりゃあ、やっと飼い慣らした取り戻しようのなさがむずかるだけだ。ずっと目を背けつづけてきたてめえを見なきゃなんねえ。そりゃ、ねえわさ。打っちゃったもんは打っちゃりつづけるしかねえんだ。だから、むろん、芳から頼まれたわけじゃあねえよ。こっちの押し売りさ。

もしも噂が広がったら、の心配が消えたわけじゃなかった。でも、こうなったからにはカネだと思った。それに、カネになるってことは噂にはならねえってことだ。噂にしねえ代わりにカネをいただくんだから。むろん、一泊二日のどっかで断わりは入れるつもりだよ。でも、芳の気持ちを聞くつもりはない。他の用ならともかくカネにまつわることだ、受け取る相手に口をきかせちゃいけねえや。こっちで気を利《き》かす筋合いのもんだろう。そうするつもりだってだけ伝えて、芳がなんにも言わなかったらさっさと進めりゃあいいんだよ。俺の腹のほうは昨日の夜のうちに固まった。

この二、三日、芳の顔は見ていなかった。水屋《みずや》での奉公人だけの飯にも出てこなかった。さすがに下女は休みにして老公と残りのときを過ごしていたんだろう。間《ま》を置いて会った芳はどこかしら見知った芳とちがう気がして、歩き出してからも口数が少なかった。こっちが、この先の路、気をつけて、とか言うと、はい、と返事をするくらいで、心ここにあらずって塩梅《あんばい》だ。そりゃ、そうだろう。乳飲子《ちのみご》置いていかなきゃなんねえんだから。ふつうでいるほうがおかしいや。

その代わりということもねえが、俺が、気をつけて、を言う機会はたびたびあった。大山道は街道とはいっても五街道とはちがってきっちり整ってるわけじゃねえ。何年か前に青山の百人町《ひやくにんちよう》近くの下屋敷に奉公したことがあったんで、玉川《たまがわ》の手前くらいまでなら多少の土地勘があるんだが、路幅はおおむね二間《けん》もなくて、草木が繁ったところだと大人二人がすれちがうのがやっとになる。道玄坂《どうげんざか》の坂上なんぞは杉や赤松が空を塞《ふさ》いで午《ひる》でも昏いくれえだ。急坂だって多い。宮益町《みやますちよう》の富士見坂《ふじみざか》は滑り落ちないように小石を敷いて丸太を打ってあるし、上目黒《かみめぐろ》村の大坂《おおさか》が団子坂《だんござか》とも呼ばれるのは坂上で落とした団子が坂下まで転がるからと言われるほどだ。で、俺と芳は、気をつけて、と、はい、だけ言いながら、池尻《いけじり》村で朝を迎えた。

芳が、はい以外の言葉を初めて口にしたのはその池尻村でだった。「休むか」と呼びかけても首を横に振るばかりだったのに、自分から足を止めて「立ち寄りたいところがあるんですが、いいですか」と言った。

「どこだい」

俺はあくまで下男と下女として話した。出るとき「芳様」なんて呼んだのは手嶋への当てつけで、屋敷でたまに芳と言葉を交わすときも下男と下女だった。芳もそれを望んでいる気がした。

「池尻稲荷《いなり》です」

「薬水《やくすい》の井戸か」

百人町での奉公のとき、御女中の御供の一人になって行ったことがある。汲《く》んだ水を病が治るよう胸の裡《うち》で三度唱えて飲むと治るってことで、ずいぶん遠くの村からも訪ねて来ていた。百六十年も前の明暦《めいれき》の頃に池尻と池沢《いけざわ》の二つの村がてめえらで建てた社《やしろ》とかで、その素《す》な感じが逆にありがてえようだ。芳は目印の鳥居を目っけるとすっすと入って一心にお参りしてたが井戸には足を向けなかった。「いいのかい」と言うと「ええ」とだけ言って踵《きびす》を返した。子の息災《そくさい》を願掛けしてたんだね。近在《きんざい》に知られてるのは薬水だけど、池尻稲荷は子育て稲荷でもあるんだ。子が無事に育つように願掛けする。俺が前に御供をしたときもその用だった。

それで踏ん切りがつくはずもあるめえが、池尻を過ぎると、芳は少しずつ言葉が出るようになって、少しずつ芳らしくなっていった。俺の懐《ふところ》にはこの前に中番屋の用をしたときのカネがちっとは残ってたんで、午はこのあたりじゃあいっとう知られた三軒茶屋《さんげんぢゃや》の信楽《しがらき》茶屋にでも寄ってみようかと想っていたんだが、そうと口にすると、芳は「おむすびをつくってきたから」と言った。そして、「瀬田《せた》の行善寺坂《ぎょうぜんじざか》の上でお午にしましょう」とつづけた。着くと、茶屋はいくらでもあるのに茶屋には入らず、寺の近くの草地で膝を折って、俺にも「ただの塩むすびだけど」と言って握り飯を勧めた。七つ半から休みもとらずに五里近くは歩いただろう。それでも音《ね》を上げねえし、あったけえ茶が飲みたいとも言わねえ。芳は「貧乏が染みついてるの」と言って弱々しく笑ったが、俺にはそこは極楽だった。生まれて初めて知る極楽だった。

行善寺の坂上はずいぶん高くて、眼下には玉川が白銀《しろがね》色の蛇みたいにきっらきらしてたし、丹沢《たんざわ》の山も秩父《ちちぶ》の山も甲斐《かい》の山も見渡せた。その向こうにはまだ真っ白な富士山《ふじさん》だって見晴るかすことができる。なによりも、傍らで膝を折っているのは芳だ。〝垢抜けねえ代わりに気がいい〟芳だ。まるで、一家そろって山に上がって馳走《ちそう》を広げ、春の息吹きを躰いっぱいに満たす春山入りみてえじゃねえか。腹に入れるのは握り飯と水だけだが、追い出される日の未明に芳が握った塩むすびはなによりの馳走だ。ずたずたの芳にはわりいが、俺はいまここで心の臓でも止まってくれたらどんなにいいだろうと思った。

「お百姓になんなくちゃ」

不意に、玉川を挟んで広がる水のない田に目を預けていた芳がぽつりと言った。

「百姓、か」

芳の顔を見るのもあと一日だけだった。もう、取り戻しようもねえもんを見ねえために突っ張ることもない。俺は素になって、芳を元気づける言葉を探したが、「百姓、か」しか出てこなかった。懸命になってつづく言葉を目っけようとするんだが、どいつもこいつも上滑《うわすべ》ってとても口にできたもんじゃねえ。そういう言葉がすっと出てくる暮らしをしてこなかったのを思い知らされたし、てめえみたいな奴が元気づけるなんて縁起でもねえ気もした。でも、いまはてめえがどうこうより芳の先行きだった。言葉は出てこねえが素で居ることは止めずに、芳が百姓の女房にずっしりと収まることを念じた。

武家なんかじゃあなくて百姓の子をぽこぽこ産んで、でっぷり肥えて、もう、退《の》けようにも退けようがない立派な女房になるんだ。いや、立派な百姓になるんだ。百姓成立《ひやくしようなりたち》は女で決まる。男は田畑だけだが、女はぜんぶだ。田畑も子も家も食うも着るも、生きるすべてだ。芳ならなれる。芳もまた江戸染まらなかった。ただし、俺らとはまるっきりちがって、いいように江戸染まらなかった。だから、なれる。なれねえはずがねえ。

俺はただ念じた。

屋敷を出るまでの頭んなかは芳にいつ中番屋の一件を切り出すかってことばかりだったのに、いったん素んなってみると、事件を売り買いする中番屋はなんとも気分にそぐわなかった。今日と明日は芳の息遣いだけを感じていたくて、物騒《ぶっそう》な中番屋のことなんぞ考えたくもねえ。とにかく荏田宿に近づくまでは口にしねえことに決めて行善寺坂を下った。

下り始めはまだよかったが、途中の法徳寺《ほうとくじ》からの坂は急な上に曲がっていて、坂上で休んだとはいえ根岸から歩きつづけた足には応《こた》える。膝にくるのをなんとか散らして下り切ると慶長《けいちょう》の頃に掘られた六郷《ろくごう》用水が流れていて、板の橋が架かっていた。渡れば芳が目を遣っていた一面の田んぼだ。水が張られる前の田はなんとも捉えどころがねえというか、間が抜けてるというか、眺《なが》めておもしれえもんじゃあねえはずなんだが、さっき芳が見ていたというだけで色が差す。そんなてめえがおかしくて足を動かしながら思わず苦笑いすると、芳が顔を向けて「どうしたんですか」と訊《き》いてきた。

「いや、なにね」

なにかを答えられるはずもなく、咄嗟《とっさ》にはぐらかしたとき、ふっと、てめえが中番屋に顔出ししていた理由《わけ》に思い当たった。ずっと心当たってきたのは小判だった。手にできるはずがねえのに手にした小判に惹《ひ》かれて、中番屋と縁が切れねえんだろうと思ってきた。欲とはちがう。小判は俺にとっちゃあカネじゃない。俺の暮らしならカネはすべて銭《ぜに》でこと足りる。一朱判《いっしゅばん》ならごくたまに使うこともあるかもしれねえが、一分判《いちぶばん》となると用がない。ましてや両なんて無縁も無縁だ。なのに惹かれたのは御札《おふだ》だったからだ。なんの御札かはわからねえが、とにかく俺には小判は御札だった。仏壇みたいに光って、きれいで、なんか別段《べつだん》のもんがぎゅっと詰まってるみてえに重くて、ありがたみがあるじゃねえか。俺にはそのありがたみが要るんだろうと思ってきた。

でも、そうじゃあねえ。芳と二人で乾いた田んぼの長い畦路《あぜみち》を歩いていると、あれは爪痕《つめあと》だったんだってわかる。江戸染まぬ俺が江戸に立てた爪の痕だ。俺たちは江戸のどこにも引っかからない。どこにも留まらない。けど、どうってこたあない。定まらねえてめえには馴れっこになっているはずだった。なんのしがらみもねえからこそ江戸じゃねえかとも思ってきた。でも、馴れ切ることなんてねえんだろう。馴れ切ったつもりで、いつも取っかかりをまさぐってんだろう。でっかいつるつるした筒のなかをえらい勢いで流されながら、俺は爪を立てた。どこでもいいから引っかかってくれと爪を立てた。爪が当たったのが中番屋で、爪に残ったのが小判だ。俺はかろうじて中番屋で江戸に触っていた。

その爪に込めていた力が、芳と素で向き合っていると知らずに抜けちまう。中番屋で江戸に触るより、芳で〝垢抜けねえ〟世界に触っていたほうがずっといい。だから、中番屋がそぐわねえ。考えたくもねえ。でも、どうすんだい？　と、俺は浮かれたてめえに質《ただ》す。そりゃ、けっこうだが、芳と居るのも明日までだ、あさってからはどうすんだい？　もう、〝垢抜けねえ代わりに気がいい〟女は隣りに居ちゃくれねえぜ。いってえ、なんに頼ってなんに触るつもりなんだ。それに、芳に渡すはずのカネはどうする？　在で暮らしていく芳が心配で仕方ねえんだろう。〝これからどう転んだって、とりあえず先立つものだけには困らねえように、わるくともあと十両は持たせる〟んじゃねえのか。その十両はどう工面《くめん》すんだ。そんな呑気《のんき》言ってられんのかい？

だから、そいつは……と俺は返す。

荏田宿に近づいたら考えるさ。

答になってねえのはわかってる。それ以上に、答えらんねえのをわかっている。ずっと、いよいよ切羽《せっぱ》詰まってから動いてきたし、動かないできた。そのときてめえがどう出るかなんてそんときになってみなけりゃわからねえ。でも、十両は渡すさ。ぜったい渡す。そいつだけはなんとしても違《たが》えねえと繰り返しながら、二子《ふたご》の渡し場に向かった。

冬の玉川には柴橋《しばはし》が架かって歩いて渡れるらしい。まず、川底《かわぞこ》に杭《くい》を打つ。杭の合間に柴粗朶《しばそだ》で組んだ柴束を詰める。上からでかい石を乗せて重石《おもし》にし、またその上に柴束を乗せる。春になって川の水嵩《みずかさ》が増すと流されて消えちまうが、でも、まだ二月だ。もしかしたらまだ残っているんじゃあねえかと希《ねが》ったが、着いてみれば跡形《あとかた》もなく、へっと息が洩れた。見たことのねえ橋を渡れば見たことのねえ処へ着けるとでも想っていたらしい。そりゃなんねえだろうと思いつつ、初めての玉川なのに見慣れた風《ふう》の渡しに乗った。

渡れば、そっから先はもう俺が足を踏み入れたことのねえ土地だ。大山道で目ぼしい町といやあ相模川の向こうの厚木《あつぎ》くらいしか覚えがなかったんで、いったいどんな辺鄙《へんぴ》な景色がつづくんだろうと想ったが、長い河原路《かわらみち》を上って着いた二子村には玉川に近いほうから下宿、中宿、上宿の三つの宿場があって、建ち並ぶ店のなかには生薬屋《きぐすりや》なんかもある。次の溝口も宿場の中ほどを横切る二《に》ヶ領用水《かりようすい》に大きな石の橋が架かるほどの村で、人形を商う店まであった。通ってきた江戸寄りの村よりもよほど街道沿いっぽい。あでも、芳の話じゃあ溝口過ぎるとべらぼうに急な上り坂が待ち構えているらしい。んまりきつくて腹が減るんで〝はらへり坂〟の異名があるそうだ。その上、雑木やら笹やらが路にかぶさって、陽が落ちたら歩きたくねえ路だと言う。「じゃ、ちっと足を休めて備えねえかい」と持ちかけると、こんどは拒まずに茶屋に入り、熱《あつ》い茶で団子を喰った。

その日初めての湯気を立てる茶が冷えた躰に染み渡って、思わず息をつく。向き合って、拝むように湯呑《ゆのみ》を持つ芳の頰《ほお》が赤い。その赤を目でなぞりながら、なに、だいじょうぶだと俺は思う。気休めなんかじゃねえ、荏田宿に近づいたらきっといい考えが浮かぶ。いざとなったら浮かぶんだ。玉川を渡ってからこのかた目はずっと見たことのねえ景色を追っていたが、頭んなかじゃあ中番屋がちかちかしていた。

芳は女にしちゃあ足が強いが、なにしろ根岸からだ、荏田の手前の牛久保《うしくぼ》で陽が落ち始める。

足を速めて村を抜けると、大山道は広い葦原《あしはら》に分け入った。秣場《まぐさば》なんだろうが、野焼きはまだらしい。見渡す限り、枯れた葦が広がる。丹沢の向こうの暮れなずんだ富士山が紫がかって、「きれい」と芳が声を上げたが、そうしているあいだにも光は薄まって荏田を待たずとも狼が出そうだ。

路に倒れかかって行く手を塞いでいた枯れ葦を払おうとしたとき、脇でがそごそと音が立つ。ほんとかよ、と思いつつ芳の前に進み出て懐の匕首を取り出した。抜いて構えたとき、冬でも眠らねえ兎が跳び出す。藪《やぶ》から藪へ消えたとき、二人して顔を見合わせたが、笑いは出てこなかったし、俺は匕首を鞘《さや》に納めなかった。さして遠くねえところから遠吠えが聴こえたからだ。

兎が居るってことは兎を喰う奴が居るってことだろう。びくついた耳にまた遠吠えが届いたが、犬の鳴き声とはまちがいようがねえ。まるで狼の狩り場の真んなかに紛れ込んじまったみてえで、息を呑んで一歩を踏み出す。あとから振り返りゃあ語り草になるんだろうが、あとから振り返れるかどうかがわからねえ。いったい、どこまでつづくんだとびくつきながら歩を進めつづけて、不意に葦原が切れたときには思わず喚声《かんせい》が洩れて笑顔の芳と手を取り合っちまった。

すぐに放したが、芳の働く手の感触《かんざわ》りは忘れねえ。江戸の手じゃなく在の手だ。土で洗われたことのある手だ。指先が覚えた肌のざらつきが胸底《むなそこ》を熱くして、ふっと納めたばかりの匕首を抜きたくなる。いま芳を刺して、てめえも首を掻っ切ったらどんなに幸せだろう。もう、こんなときは来ねえ。二度と来ねえ。手嶋の望んだとおりになっちまうが、ここでてめえを始末できりゃあ望外《ぼうがい》だ。

「この先は下り坂のはずです」

笑顔を残した芳が言う。

「もう、近いですよ」

子供の顔消して言ってんだろう。

なにをとち狂ってやがる！　声には出さずに俺はてめえを罵倒《ばとう》する。死ぬならてめえ独りで死にやがれ。

そんときだ。俺の腹が決まったのは。

一回こっきりだ。

あと一回だけ中番屋に顔を出して、芳に十両を渡す。埋め合わせだ。ちっとでも慮外《りよがい》を想いついちまった埋め合わせだ。十両渡さずには済まねえ。そして俺が十両手に入れるとしたら中番屋しかねえ。

あと一回、疵話を売ろう。

爪を立てるんじゃねえ。芳の〝垢抜けねえ〟世界へのお布施《ふせ》だ。

俺は芳に断わりを入れる算段をする。荏田は馬市《うまいち》がもうすぐらしい。ずいぶん遠くから馬を売りに来るようだ。宿場の通りを駆けさせて品定めさせるってんだから、ただの田舎の馬市とはちがう。きっと、どこの旅籠《はたご》も混んでんだろう。部屋はみんな埋まって、他人の耳を遮《さえぎ》るのは襖《ふすま》一枚だけってことだ。

旅籠じゃあ話せねえ。飯屋があっても話せねえ。じゃ、どこでどうすると思案して、いまだろう、と思った。

いま、ここでだ。首を巡らせても人影はない。人家も見えない。こうして歩きながら語るしかない。

「実あ、耳に入れておきたいことがあるんだが……」

なんとか踏ん切りをつけて話し出した。まっとうに話そうとするほどに、てめえの声がいかにも悪擦《わるず》れて聴こえた。

昨日の夕から芳はほとんど口をきかない。たまに唇を動かしても「ええ」とか「さあ」とかの相槌だけだ。

俺が中番屋の一件を持ち出してからなのははっきりしている。あれから夕飯《ゆうめし》にも手を付けねえくらいに思案しつづけているようだが、なにを考えているのかは一切口にしねえ。たぶん、夕べは一睡もしてねえんだろう。それがわかるのは俺も一睡もしてねえからだ。

芳が止めてくれと言わねえ限り中番屋の件は進めるつもりだったが、芳の気配はそんな安っぽい意気がりを許さねえものがあった。寝息を立てずに背中を向ける芳の隣りで、どうすりゃいいんだと繰り返すうちに障子が明るくなっちまった。

いっそ、昨日の話はなかったことにしてくれと言おうかとも思ったが、やはり、そいつは悪手《あくしゅ》だろう。たった一度でも逃げたらぜんぶが逃げと取られちまう。気持ちを尋ねたからには答を聞かなきゃなんねえ。

「昨日、話した件なんだが……」

歩きながら切り出したのは、武蔵と相模を分ける境川《さかいがわ》を越えて最初の宿場の下鶴間《しもつるま》を過ぎるあたりだった。

行く手には藤沢《ふじさわ》へ向かう滝山道《たきやまみち》との辻《つじ》があって、角には山王社《さんのうしゃ》が見える。刻《とき》は八つ半で、このまま行きゃあたぶんまだ陽のあるうちに芳の里のある高座郡に着いちまう。いま訊いとかねえと宙ぶらりんのまんま江戸に戻んなきゃなんねえ。芳を不機嫌な貝にさせちまった話をまた持ち出すのは、狼の待つ葦原に分け入るようだったが、やはり訊かずにはいられなかった。

それでも芳が語んなかったら、この際、中番屋の件はすっぱりと引っ込めるしかねえ。懐には、貯めたわけじゃあねえが手元に残った小判が三枚ある。こいつを餞別《せんべつ》にしてすっと別れよう。腹を据えて、「気持ちを聞かせちゃあもらえねえか」とつづけようとしたとき、遮るように芳が言った。

「えのしまへ行きたいの」

最初はなんと言ったのかわからなかった。

「えのしまって……」

「弁天様《べんてんさま》のいらっしゃる江の島」

それで「えのしま」が江の島とわかったが、話はもっとわからなくなった。なんで、もう里が間近なのに唐突に江の島に行かなきゃなんねえ。それに、いまからじゃあ今日のうちに江の島には着かねえ。途中で一泊しなきゃなんなくなる。

「御足《おあし》ならあります」

そういう話じゃねえのに、芳は襟元《えりもと》に手を入れる。

「手嶋様にいただきました」

こっちの思惑にお構いなく紙包みを差し出した。

「使って」

思わず受け取って掌《てのひら》に収めてみれば五両ってとこだ。

「これでぜんぶかい」

手嶋から受け取ったんなら十両のはずだ。

「ええ、足りませんか」

手嶋の野郎……。知らずに腸《はらわた》が煮えくりかえる。十両でもしみったれと呆れたのに半分の五両だったんだ。俺を焚《た》きつけるために鯖読《さば》みやがった。

「しかし、また、なんで」

手嶋への憤《いきどお》りが芳へ問う声に乗っちまう。そういうつもりじゃねえんだが、と胸裏《きょうり》で言い訳しつつ尋ねた。

「里に戻ったら、もう、ずっと行けない」

そいつはそうかもしんねえ。

「一度っきりでいいから、お参りしてみたかったんです」

それもわかるが、夕べからのだんまりと江の島とがうまく結びつかねえ。江の島行きをどう切り出そうか迷って言葉が出てこなかったとでもいうのか。それで夜明かししたってか。そいつはいかにも無理筋だろう。

「行ってもらえませんか」

おかしなとこだらけだが、相手は芳だ。今日で終《しま》いと覚悟してたのに、明日も居れるとなりゃあ、拒めるわけもねえ。本心は余所《よそ》にあるんだろうが、本心を質すより嘘に乗りてえ。それに、屋敷からのカネが五両とわかったからには、やはり、どうあっても十両渡さなきゃあ済まねえ。芳にはなんとしても中番屋を得心《とくしん》してもらわなきゃなんなくなった。今夜と明日がありゃあ説き伏せることもできるだろう。俺は五両の紙包みを芳に戻して「滝山道だね」と言った。


その夜の宿は長後《ちょうご》に取った。結局、江戸の東の根岸から藤沢に近い長後まで眠りを取らずに歩いたことになる。

草鞋を脱ぐと疲れがどっと出て夕飯を喰いながらうとうとした。芳はと見れば、背筋をぴんと伸ばして箸《はし》を手にしている。今夜は喰えるようだ。

「わりぃが先に休ませてもらうぜ」

飯を喰い終えたら中番屋の話をしようと目論《もくろ》んでいたのに、どうにも瞼《まぶた》を開けていられなくなって布団に潜り込んだ。

寝入ったばかりのはずなのに目が覚めたのは、覆いかぶさるような重みを感じたからだ。いったいなんでえと目を開けると、芳の顔に蓋《ふた》されてるみてえで、鼻と鼻がひっつきそうだ。びっくりして「どうしたい？」って訊いたら、いきなり口吸いにきた。

行灯《あんどん》は点《つ》いていて、芳の裸の肩を照らしている。どうやら湯文字《ゆもじ》だけらしい。そんな大胆なところもあったんだと嘆じつつ、もう一度、「どうしたい？」を言おうとすると、薄目《うすめ》になった芳が先に「このまんまじゃ百姓の嫁になれないから」と言った。頭はとっちらかっているはずなのに、なぜか意味がすっと入ってくる。老公の手が付いたままの躰じゃあ、すんなり百姓の亭主に抱かれるわけにはいかないと言ってるんだろう。だから、あいだに俺をかますってわけだ。俺なら武家でもない、百姓でもない、商人でもない。誰でもない。繋ぎの役回りには誰でもねえ奴のほうが収まりがいいのかもしれねえ。

そういうことなら、夕べからのだんまりも得心がいく。芳は〝誰とでも寝る女〟じゃあねえ。言い出すのは骨だったたろうし、腹を据えるには、ひと晩眠らずに考えなきゃならなかっただろう。江の島持ち出したのも、もう一泊しなきゃなんなかったからだ。弁天様はどうでもよかったことになる。重ねた疑いがいちどきに消えて、俺は大きく息をつく。そうして、両の腕を意外に厚みのある芳の背中に回した。陽を吸った稲藁の匂いが立ち上がって、俺はもう、なあんにも考えねえ。

二度目の眠りは深いはずだった。充《み》ち足りた想いを抱きつつ眠りこけるはずだった。なのに、俺は再び目覚めなければならなかった。腹が痛かったからだ。瞼を開けたら、行灯はまだ点いている。そして、こんどは芳の裸の肩じゃあなく、俺の腹に突き刺さった匕首を照らしている。眠りから戻った俺に気づいて、着物を着けた芳が叫んだ。

「お殿様を笑い者なんかにさせない！」

そうして部屋を跳び出して、階段をばたばたと降りていった。

そっか。

痛《いって》えのに、俺は笑う。

そういうことか。

こいつはそうそうはねえ勘ちがいだ。

俺ほどの大うつけも居ねえ。

芳は百姓の嫁に収まるつもりなんぞ毛頭ねえ。

繋ぎなんぞ用無しだ。

芳の目には俺はただの強請《ゆす》りだったんだろう。

夕べ、俺が中番屋を持ち出してからずっと、芳はどうやって俺の口を塞ぐかだけを考えていた。

どうやって、老公の名を守るかだけを考えていたんだ。

だから、一睡もできなかった。

一睡もしないで、江の島を絞り出した。

そして、幾重《いくえ》にも策を練った。

俺なんざわざわざ謀《たばか》るほどのタマじゃねえ。

いつだって楽に刺せる。

でも、女の芳にはそうは思えなかっただろうし、それに、ぜったいにしくじっちゃあなんなかった。

躰を任せたのは俺の眠りを深くするためだろう。まちがっても起きねえように、疲れさせなきゃなんなかった。

肌を見られるのに行灯点けてたのは、最初は俺の匕首を目っけるため、そして、いまさっきはまちげえなく俺の腹に突き刺すためだ。

そうして策どおりにやってのけた。

惚れてたんだね、芳は老公に。

俺は芳と老公が成り行きでああなったくれえに想ってたけど、まるっきりちがった。

底惚《そこぼ》れしてたんだ。

だから二つ返事で相手を務めたし、月々の手当ても拒んだ。
そんな惚れ抜いた男を、俺みてえなろくでもねえ野郎に汚されたんじゃあ堪らねえ。
だから必死で守った。
すんげえなあ、芳は。
よかったなあ、芳で。
俺なんぞ始末してくれた借り、返さねえと。
ああ、ちっとやべえ。
腹、やばくなってきやがった。
そろそろ行かねえとな。
ここでくたばるわけにゃあいかねえ。
財布はどこだ？　あ、ここか。
迷惑かけちまった詫びに宿に三両置いて。
刺さったままなのが幸いだが、どこまでこっから離れられるか。
とにかく立たねえとな。

日和山《ひよりやま》

「決まったぞ」

御城より戻った兄を玄関で出迎えると、いきなり兄は言った。いまから三年前の、嘉《か》永《えい》三年八月のことである。

「なにが、でしょう」

俺は問うた。おそらくは心待ちにしていた件だろうとは想ったが、わからぬ振りをした。

「さて、なんだろな」

上《あが》り框《かまち》に足をかけて含み笑いをしつつ兄は返す。人がわるくない兄がめずらしく焦《じ》らす風《ふう》を見せれば、吉報《きっぽう》の徴《しるし》と取ってしまうが……。

「おまえが待ち望んでいたことだよ」

案に違《たが》わず、玄関に上がって嫂《あによめ》に腰の大小を預けるとすぐにつづけた。

「婿《むこ》養子だ。今日、正式に御返事を頂戴した。よろしくお願いするとのことだ。よかったな。これでようやくおまえも長い部屋住みと縁が切れる」

「まことでございますか！」

二十一歳になったとき、なんの当てもなかったのに、家の厄介《やっかい》でいるのも二十四までと己れで決めた。そして、その年、俺は二十四になっていた。

「こんな件で与太《よた》を言うはずもなかろう。まこともまことだ」

二十四を過ぎたら坊主《ぼうず》になるか、医者修業でもするか、などと嘯《うそぶ》いてはいたが、それはどうにもならぬ先行《さきゆ》きを己れに糊塗《こと》するための方便《ほうべん》でしかなかった。いくら「まこと」を繰り返されても、幾度でもたしかめずにはいられない。

「やはり、どんな御代《みよ》になっても武家は武家ということなのだろう、仲人《なこうど》の話では最後は練兵館《れんぺいかん》の目録《もくろく》が決め手になったそうだ」

俺が九段坂上《くだんざかうえ》へまともに通い出したのはずいぶん遅く、次男という無駄飯《むだめし》喰いの身《み》の程《ほど》をちゃんと識《し》るようになった十六歳になってからだ。家が居づらくなるに連れ、道場が居やすくなった。練兵館にしたのも、竹刀《しない》打ちの撃剣《げきけん》でありながら腕が痺《しび》れるほどに打ち込むゆえである。めぼしい流派のなかでいっとう頭が空《から》っぽになりやすい。おのずと昇級は後ろにずれ、切紙《きりかみ》を得たのが二十一のとき、目録はその年に入ってからだった。

もしも切紙のままだったらどうなっていたのだろうと想いつつ、俺は兄の話を聴いていた。

「御相手も嫁取り話には決まって名が上がる評判の花貌《かぼう》らしいぞ。婿取りしかせぬ家と知って気落ちする跡取《あとと》りが多いと聞いた」

喜ぶべきところかもしれぬが、器量の良し悪《あ》しに気を向ける立場ではない。

「おまえは果報者だということだ。早速、父上にお知らせ申し上げてこい」

その三日前、江戸は大雷雨だった。未明から夜まで雷鳴が響きつづけ、江戸市中だけでも百二十ヵ所を超えて落雷。八丁堀亀島河岸《はっちょうぼりかめじまがし》の米蔵が焼け落ち、落命した者も少なからず出た。被災した町を網羅《もうら》した『霹靂場処《へきれきばしょ》』と題した瓦版《かわらばん》が出るほどで、俺にはその一枚刷《いちまいず》りが、願い事が成就《じょうじゅ》せぬ報《しら》せのように見えたものだ。それからずっと気持ちが塞《ふさ》いでいただけに喜びもひとしおで、どういう風に父に伝えたものか、嬉《うれ》しい迷いを抱えながら俺は隠居部屋へ向かった。

「書き物でございますか」

ことわりを述《の》べて座敷へ入ると父は文机《ふづくえ》に向かって筆を動かしており、俺は用意していた台詞《せりふ》をひとまず脇に置いて聞いた。

「ああ」

筆を持つ手を止めずに父は答えた。父は速筆《そくひつ》で、とりわけ書写《しょしゃ》に長《た》けており、表右筆《おもてゆうひつ》を勤めていた頃は一日に十数冊の書籍を写すことで知られていた。

「頼まれ事があってな」

周《まわ》りに目を移すとすでに写し終えたのだろう、書物数冊分の墨《すみ》が入った半紙《はんし》が積まれていて、父の横顔は久々に気が満ちて見える。昨年、致仕《ちし》して家督《かとく》を兄に譲ってからは、口では楽隠居を言うものの日々を楽しまぬ風が洩れ出ていただけに、いい頃合《ころあい》に「頼まれ事」が寄せられたものだと思った。やはり父は書いていないと、それも御用で書いていないと安《やす》んじにくいようだ。

「御役所からですか」

表右筆を継いだ兄より、かねてから役所の手が足らぬとは聞いていた。御公儀のすべての御用の記録である『江戸《えど》幕府《ばくふ》日記《にっき》』の複本を整えるようになって以来、ずっと父の古巣である日記《にっき》方《かた》の要員だけでは対応し切れぬ状況がつづいているらしい。きっと兄を通じて、速筆で名を売った父に応援を頼んできたにちがいない。ついでに、良いことは重なるものだと感じたのは、つまり、浮かれていたのだろう。

「いや」

目は半紙に向けたまま、父は答えた。

「貸本屋だ」

「かしほんや……」

頭のなかで「かしほんや」と「貸本屋」がうまく重ならない。御目見以上《おめみえいじょう》ではそれより下のない百五十俵の役高《やくだか》ではあるものの、表右筆はれっきとした旗本《はたもと》である。隠居とはいえ、まさか貸本屋の賃働《ちんばたら》きは受けまい。

「貸本屋から書写を頼まれた、ということでございましょうか」

ありえぬとは思うものの、一応、たしかめる。

「ああ、貸本屋が商《あきな》う写本《しゃほん》のな」

事もなげに父は言い、笑みさえ浮かべてあっけらかんとつづけた。

「儂《わし》の書写は評判がいいのだ」

口が塞がらぬ俺に、さらに言葉を足す。

「これほどに上手で早い写しは長くこの生業《なりわい》をしているが初めてだと店主に深謝《しんしゃ》された」

書物は板木《はんぎ》を彫って刷る版本《はんぽん》ばかりではない。それほど冊数が見込めぬときは人の手で書く写本にする。貸本屋は版本を貸すだけでなく、写本をも貸し出して店の色を出す。版本はどこの貸本屋でも扱っているし、もとより書肆《しょし》で売っているが、貸本屋が誂《あつら》えた写本は当然のことながらその貸本屋で借りてしか読めない。そのために貸本屋は幾人もの写し手を用意していると聞いたが、その幾人のなかに父が入っていようとは想いもしなかった。

「で、なんだ、おまえが話したいことというのは？」

父はようやく筆を置き、躰《からだ》を正対《せいたい》させるが、いかにも億劫《おっくう》そうだ。

「はあ……」

俺はおもむろに語り出す。けれど、気づくと先刻までの昂揚《こうよう》はすっかり醒《さ》めている。聴き届けた父の様子《ようす》にしても「それは上々」という通り一遍のもので、一刻も早く書写に戻りたがっているのがありありと伝わってくる。俺は一世一代の慶事《けいじ》を知らぬ間に掠《かす》め盗《と》られたような気持ちになって隠居部屋を辞し、着替えを済ませて廊下に出てきた兄に父は大丈夫なのかと訊《き》いた。

「大丈夫、とは？」

兄はなんら気に留めていないようだった。人がわるくない分、兄は眼前《がんぜん》の景色の裏も先も読もうとしない。努めずとも家禄が付いて回る跡取りだからか、生来《せいらい》の性分《しょうぶん》なのか、はたまた前例の通りに決まり切った文面をひたすら書き進める表右筆だからか、物事《ものごと》を突き詰めることがなく、とりあえずいまが波風《なみかぜ》立っていなければ良しとする。それを重々わかっていながら兄に質《ただ》した次男坊の甘えにも苛立《いらだ》ちながら俺は言った。せめて、短い言葉を選んで。

「つまり、改め等のとばっちりを受けたりせぬかと」

俺にしても本気で改めを危惧《きぐ》していたわけではない。貸本屋の写本づくりでも頼まれれば屈託《くったく》なく手を動かし、無邪気《むじゃき》に自慢さえする父に、俺は縁組への差《さ》し障《さわ》りの芽のようなものを見ていた。その芽を「改め」という言葉に置き換えたにすぎない。

「それか」

しかし、兄は明らかに「改め」の言葉の響きを嫌った。

「それは懸念に及ぶまい。御公儀が改めの的《まと》とするのは書肆で数多く売られる版本のみだ。貸本屋の写本は的から外れている」

相変わらずの兄らしい物言いだ。兄には己れに都合のよい報せだけを容《い》れ、不都合な報せには頬被《ほおかぶ》りするきらいがある。その台詞にも見たいものだけを見る構えが透《す》けていた。言い分は今日《こんにち》でもまったく通用しないわけではない。が、元々の根拠はといえば百三十年近くも前の享保《きょうほう》の町触れだ。それから七十年ほどが経った寛政《かんせい》の触れではははっきりと貸本屋の写本にも縛りが及ぶことが打ち出され、以降、数こそ多くないものの、実際に罪に問われる事例が積み上がっている。俺は兄の言《げん》を耳にして初めて、ほんとうに改めが心配になり出したが、それを口にすればまた次男坊の甘えを繰り返すことになる。

「そうですね」

力なく同意したとき俺はなぜか、この婿養子話が成就しないとわかった。いまから振り返れば、目の前で極楽と地獄が鉢合《はちあわ》せしているのをどこかで感じ取っていたのだろう。極楽と地獄が喧嘩《けんか》をすれば地獄が勝つに決まっている。

屋敷の門前に御公儀の捕吏《ほり》が立ったのはそれから十日ばかりが経った朝だった。

罪状は、国の防衛という大事に関わる件で、国よりの禄を食《は》んでいるにもかかわらず怪《あや》しい異説の流布《るふ》に加担し、人心《じんしん》を惑《まど》わしたというもので、父は本来なら遠島《えんとう》のところ罪一等を減じて重追放《じゅうついほう》、当主である兄も間近で所業を見届けていながら監督を怠《おこた》った罪は父にも増して重いということで同じく重追放となった。ちなみに当の作者は獄門《ごくもん》である。員数外《いんずうがい》の俺も罪科《ざいか》だけは人並みに縁座《えんざ》の制が適用されて中《ちゅう》追放となり、それぞれに闕所《けっしょ》の刑が付いた。

中追放の闕所は家屋敷の没収で、家財は免《まぬが》れているが、元々俺に家財なんぞない。身ぐるみ剝《は》がされて家からおっぽり出されたことでは重追放と変わらない。親類はみんな江戸住まいで、つまりは俺が居てはならぬ場処だし、たとえ訪ねて行ったとしてもいい顔をされないのは考えるまでもないから、放り出されたその日から食うのに困った。強《し》いて幸運を探せば、八月が譜代《ふだい》大名の参勤交代の月だったことだろう。在府《ざいふ》の大名が国元へ還《かえ》るので、行列を組むための人がたくさん要る。中間《ちゅうげん》なんぞはあらかたが口入屋《くちいれや》からの雇い入れだ。西国《さいごく》あたりの行列に潜り込めば、ひと月は食っていける。

最初はほんの思いつきだったが、いくら思案《しあん》を巡《めぐ》らせても当座の糧《かて》を得る手立ては他に出てこない。もろもろの想いが責め立てはしたものの、これ以上は考えるだけ無駄《むだ》と見切り、然《しか》るべく躰を動かそうとしてはたと弱った。中間の腰にあるのは脇差《わきざし》だけだ。本差《ほんざし》を差す中間なんぞいない。いつも旅の途上の身だから、本差を預けておく場処もない。さすがに甚《いた》く迷った末に、想いを切って処分することに決めたときは己れでも驚いた。いつも厄介から抜けることだけが頭にあって、ちまちましく動き回っていた俺だ。小禄旗本の厄介だからこそ、逆に御目見以上の矜持《きょうじ》も強かったはずである。なのに、さっさと江戸下がりの中間働きを選び、あまつさえ本差を売り払おうとしている。きっと未曾有《みぞう》の事態で、これまでとは別の頭が動いているのだろうが、俺にもそんな頭があったのは意外だった。そのとき、もしも跡取りだったらできぬだろうと想い、兄はどうしているだろうと想った。俺にしてみれば、ありえぬとばっちりで婿の座を失ったわけだが、父を制さなかった罪を糺《ただ》す気は湧《わ》いてこなかった。人がわるくない兄が明日の飯をどうやって手に入れようとしているのかだけが気になった。禄を離れれば、波風立てずに生きるのは一日とて容易ではあるまい。

いざ本差を売って代価《だいか》を手にしてみると、考えても詮《せん》ないと打っちゃっていた父にも気が行った。いまさら、なんで父が重罪に問われるような書写を引き受けたのかを推《お》し量《はか》っても繰《く》り言《ごと》にしかならない。貸本屋から褒められるのが嬉しくてせっせと筆を動かしたんだろうくらいに見なしていた。なにが書いてあるかなんぞ父にはどうでもよかったのだろう。いちいち文面に身を入れていたら、一日だけで十数冊の書写なんぞできるわけもない。父にとっては書くという行為がすべてで、御役所も貸本屋もちがいはなかった。つまりはそういう、筆だけを恃《たの》んでいた人だったのだと断じてそれで終《しま》いだったはずなのに、ふと、ほんとうにそうかと思った。

父は御役所でのあらかたの時を表右筆の日記方として送った。つまり、『江戸幕府日記』の編纂《へんさん》に携《たずさ》わってきた。日記は幕府のすべての部署の御用を記録する。なんで、そんなべらぼうな面倒を引き受けるかといえば、前例踏襲の役に立てるためだ。御公儀の政《まつりごと》の根幹は前例踏襲である。昨日と変わらぬ今日を重ねることである。その拠《よ》り処《どころ》となるのが『江戸幕府日記』だ。最も日記を駆使するのは奥右筆《おくゆうひつ》だろう。同じ右筆でも表と奥では役割がまったくちがう。表がつくった日記を奥が使いこなす。御老中が施策の判断をする際は決まって奥右筆に当否を諮問《しもん》する。つまりは前例と違えていないかを問う。奥右筆はもろもろの資料を当たって答申をまとめるが、軸となるのは『江戸幕府日記』である。つくる者と使う者、その落差はあまりに大きい。役高は五十俵しかちがわない。が、奥右筆は御老中の懐刀《ふところがたな》だ。役高なんぞ問題にならぬほどの音物《いんもつ》が集まるし、下へも置かぬ扱いを受ける。父とて奥右筆を眩《まぶ》しく見上げたことだろう。

奥右筆は役所の外から降りてくるのではない。表右筆から選ばれる。若い父が選ばれるのを心待ちにしていたとしても不思議はあるまい。けれど名を呼ばれぬまま三十になり四十になり五十になる。失意の堆積が己れを蝕《むしば》まぬよう、いつしか父は己れを写し人形に変えたのではないか。一日で十数冊を書写できる、まさに『江戸幕府日記』が求める写し手の枠《わく》に、みずから嵌《は》まっていったのではないか。そして、一方で、己れを幽閉《ゆうへい》した『江戸幕府日記』を憎んだのではあるまいか……。やがて父の憎しみは『江戸幕府日記』という書物そのものではなく、『江戸幕府日記』が孕《はら》んだ前例踏襲そのものに向かったかもしれない。昨日と変わらぬ今日が繰り返される、その枠組をも憎んだかもしれない。だとしたら父は、写す文面を識った上で、書写に向かったとは言えないか。いや、識ったからこそ書写を引き受けたとは言えないか。つまり、枠組を壊《こわ》そうとして……。

そのとき、「儂の書写は評判がいいのだ」と言ったときのあっけらかんとした父の口調がよみがえって、買いかぶったか、と俺は嘆《たん》じた。あんな安っぽい自慢をする男がそんな高尚《こうしょう》なことを考えるわけがない。でも、もしも、買いかぶりではなかったら、ほんとうにどうしようもなく張りがない父親だ。貸本屋から褒められて嬉しがる父に輪をかけて安っぽい。写し人形になると決めたんなら、なり切って人生締めればいいだろう。隠居部屋に入ったからには腹を据《す》えて、ぐずぐずしたものなんぞあの世まで持っていけばよいではないか。そうでないなら、書写なんぞでお茶を濁さず、己れが作者となってみずから壊せばいい。でも、悪態《あくたい》もそこまでだ。そんなことよりも周りにちゃんと目を配れと、初めて己れのものとして手にした小判の重みがささやく。武家地を離れりゃあ、狙ってる奴《やつ》らが群れてるぜ。悠長《ゆうちょう》にろくでもない父親のことなんぞ思い出してる場合じゃあねえだろう。

武士の徴の代価は意外に良い物だったらしく、小判一枚に一分判三枚。一分判の一枚は二朱判と銭《ぜに》に替えてもらった。小判と残った一分判はいずれ本差を買い戻すときのためにとっておく。当座のために使ってよいのは二朱判一枚と銭だけだ。とりあえず近くの橋に向かって袂《たもと》の髪結《かみゆい》を探し、その銭で月代《さかやき》が大きく髱《たぼ》が小さい奴髷《やっこまげ》に変える。西の大名の参勤交代の多くは東海道筋《とうかいどうすじ》を使う。中追放の己れが立ち入ってはならぬ街道を使う。なにがあろうとも、中追放を気取《けど》られてはならない。髷だけが浮いたら鳴いた雉《きじ》だが、肌もいい具合に焼けている。日頃からできるだけ屋敷には居ないようにしていたので、道場で竹刀を振っていたときの外《ほか》はひたすら表を歩き回っていた。巷《ちまた》の言葉にも慣れているし、ずっと厄介のままで御役目に就いたことがないから、二本差し臭さもほどほどだろう。いきなり、なり切るわけにはゆかぬだろうが、箱根《はこね》を越えて駿河《するが》の海を見る頃には中間もそこそこ板についているはずだ。厄介の頃とはちがう、別の頭だってあるし。

手前勝手《てまえがって》な筋をこさえていると、小判のささやきが薄らいで、また、父はどうやって凌《しの》いでいくのだろうと想う。罪一等など減じてもらわずに、まだ遠島のほうがよかったのではないか。無理は利《き》かぬ齢だ。島では芋《いも》一個盗っても嬲《なぶ》り殺しに遭《あ》うらしいが、慣れぬ街道筋で埃塗《ほこりまみ》れで這《は》いつくばるよりは、吹き渡る海風でゆっくり干し上がったほうが、己れが壊したものの味を嚙み締めることができそうじゃないか。

「ご覧になりやすか」

髪結が手鏡を差し出して、父は消える。

「いや」

手鏡を断わって、往来へ出る。鏡なんぞの助けを借りずとも中間になり切ってみせる。そして、とりあえず、ひと月生きる。ひと月生きたら、またひと月だ。そうやって尺取《しやくとり》虫《むし》みたいに月を重ねて、ともあれ生きてさえいれば、厄介とはちがう明日にだって出くわすこともあるだろう。


それから一年余りは往還稼《おうかんかせ》ぎで凌いだ。選《え》り好《ごの》みさえしなければ、街道にはいろんな仕事の口が転《ころ》がっている。物入りで宿場を悩ます伝馬制《てんませい》も、忍んで日稼ぎをしなければならない者にとっては真夏の樹陰《じゆいん》だ。目ぼしい街道の宿場は公用の旅を支え荷を運ぶために馬と人足を常に用意しておかなければならない。発《た》った宿場から目指す宿場まで通しで運べばあいだの宿場に人馬は要らぬことになるが、伝馬制では宿場ごとに継《つ》ぎ立《た》てる。つまり、人足と馬を替えて目的地まで運ぶ。だから、ぜんぶの宿場に人と馬が要る。それに、街道というのはとにかくいろんな人が集まって、それぞれの思惑《おもわく》に促されて動く処だから、伝馬制でなくとももろもろの稼ぎの元がある。飛脚の手伝いやら路《みち》案内やら、ちょっと足を伸ばして荷運びを請け負う通し日雇いやら、物騒なところでは科人《とがにん》の移送や見張りなんぞもある。その上、あらかたは安くてきつくて汚ない稼ぎなので進んでやりたがる者は少なく、おのずと身元を厳しく問われることもない。つまりは俺のような者には格好で、大名行列がない月でも汗か冷汗のどちらかか、あるいはどちらもかく気さえあれば、凌ぎに困ることはなかった。

でも、俺は中間でも人足でも飛脚でもなかったし、一年やってみても中間にも人足にも飛脚にもなりたいとは思わなかった。だから、武家を離れても凌いでいく勘《かん》と技さえ身につければ、往還稼ぎにとどまらねばならぬ理由はなにもない。それに参勤交代で中間として振る舞って十月《とつき》ほど経った頃に、俺は己れの足の運びが妙なのに気づいた。それまではどうということもなかったのに、なにやら腰のあたりが落ち着かず、どうにも塩梅《あんばい》がわるい。そのこと以外はおかしなところはなく、見当もつかぬまま、気取られぬように振る舞っていたのだが、御用の関わりで口をきくようになったある藩士に頼まれて、宿場での粗相《そそう》の後始末を引き受けたとき、やっと理由に思い当たった。

国元まであと三日を残すだけになった日の宵《よい》に、その藩士が宿館の門番を控えていた俺をそっと呼び止め、真っ青な顔で訴えた。

「実はお主を見込んで折り入って頼みたいことがあるのだが……」

中間への物言いにしては随分と丁寧だ。

「実は手前は酒好きでな。酒を入れぬと寝つけんのだ。が、行列は国の大事ゆえ、行程のあいだ飲酒は禁じられておる。で、恥ずかしながら、いつも一人で忍んで宿場の居酒屋へ行き、何本か空けるのを習いとしていた」

なんで、そんな秘すべきことを中間ふぜいに打ち明けてしまうのかは直《す》ぐにわかった。

「今宵《こよい》もそのようにして、いましがた戻ったところなのだが、実は、その居酒屋に本差を置き忘れてな」

聴いたこっちがぎょっとした。

「ついては、誰にも知られぬように、お主に取ってきて欲しい」

俺も青くなって問う。

「いましがた、戻られたのですね」

売れば高値になる本差だ。たったいまでないなら、もう、消えている怖れが強い。

「ああ、掛け値ない。店もがらがらだったから、いまならまだあると思う。いちばん奥の小上《こあが》りだ」

ならば、己れでさっさと取り戻してくればいいではないかと思うのは、武家を識らぬ者の了見《りょうけん》だ。外で本差を置き忘れたと知られたら、それだけで武家は切腹である。居酒屋の主人《あるじ》に本差を忘れたとは口が裂けても言えない。まして、その藩では参勤交代中の飲酒を禁じていた。藩士は二重の窮地に立たされていたのである。

「承知」

そこは元武家で直《ただ》ちに了解し、脱兎《だっと》のごとく言われた居酒屋へ行くと、たしかに客は一人もおらず、藩士が使ったという奥の小上りはチロリも猪口《ちょこ》もまだそのままで、本差はしっかり壁と畳の際《きわ》に寝そべっていた。おそらくは店主もまだ気づいておらぬだろう。俺は急いで本差を手に取って、藩士から預かった一朱判を忘れ物の礼として店主に渡そうとしたのだが、本差を包むものはなにもなく、そのままでは忘れ物が刀と気づかれてしまう。とっさに俺は本差を腰に帯《お》び、目立たぬよう落とし差しにした。江戸で慣れ親しんだ、躰の脇に添った差し方である。そのときだ。理由が向こうからやってきたのは。腰が嘘のようにしっくりくる。俺の不調は、長く腰に本差がなかったことに因《よ》っていたのだ。俺はともかく俺の躰は、ずっと本差を差したがっていたのである。藩士はそれこそ満面の笑みで本差と俺を迎えたが、俺もまた刀という旧友と邂逅《かいこう》したようで、なかなか昂《たか》ぶりが収まらなかった。

刀は武家の徴と言う。でも、刀には他の身につける徴とは際立って異なる点がある。重いのだ。少なくない武家が腰痛に悩むほどに重い。つぶさに見れば、あらかたの武家は程度の差こそあれ左肩が落ちている。長く大小を帯びていれば誰もがそういう躰で釣り合いをとるようになる。厄介で員数外だった俺とて、そこは変わらない。まだ骨が固まり切っていない十五歳から二十四歳まで、ずっと二本を差してきた。屋敷に居たたまれず日がな一日外を歩き回っていた日々も、無刀《むとう》で居たわけではない。月に照らされた宿館への路を十月振りに腰の大小と共に戻ったとき、俺はたしかに、これで一つだと覚《さと》った。刀まで入れて俺の躰になる。己れが紛《まぎ》れもなく、練兵館の目録なのだと思い知ったのもそのときだ。寄る辺《よべ》なさを打ち砕くための剣であったとはいえ、稽古は淫《いん》するほどに取り組まねば目録には届かぬ。そして、淫するほどに取り組めば、四肢は動かさずとも動くようになる。肩も肘も手首も指も、動かそうとする前に動いている。刀が躰に入るのだ。厄介としてちまちましく動いていた頃も、剣にだけは淫してそういう躰をつくってきた。刀と一つの躰をつくってきた。その刀と躰の紐帯《ちゅうたい》が解《ほど》けようとしている。

本差を差さねばと、俺は思った。ともあれ、このまま往還稼ぎをつづけて、躰の紐帯を解いてはならない。それが、己れが武家に戻りたがっているということなのかどうかはわからない。もはや、養子話が生きているはずもない。俺が武家に戻るということは厄介に戻るということだ。埃とぬかるみだけが記憶に残る往還での定まらぬ暮らしでも、識ってしまえば、もはや、あのがんじがらめの日々はあまりに遠い。厄介には御用も禄もないが、武家の縛りはある。あるいは、武家の縛りだけがあって、他にはなにもない。厄介とて本差を置き忘れれば腹を切らねばならない。往還稼ぎの俺には笑えぬ笑い話だ。『江戸幕府日記』のがんじがらめは厄介において煮詰まる。戻れば俺はまた、ちまちましく立ち動くのかもしれない。ならば、直ちに武家との結び目を切れるのかと問われれば、それはできぬ。まだ、できぬし、あるいはこの先もずっとできぬかもしれない。己れの煮え切らなさに、父への悪態がよみがえる。俺もまたぐずぐずとしたものをたっぷり抱えて、安っぽく、ろくでもない。そいつらをそっくり容れても、本差を差して凌いでいかねばならない。躰はそう命じている。このまま行けば躰のほうで刀との結び目を切る。

一年前の俺が江戸下がりの中間を選ぶしかなかったように、大小を帯びて中追放の定まらぬ日々を凌いでいくとなれば路は一つしかない。賭場《とば》の用心棒だ。武家に戻りたいのかどうかはわからぬが、用心棒になりたいかどうかは即座に言える。なりたくない。まっぴらだ。でも、仕方ない。なるようにしかならない。厄介とは別の頭で動くようになった俺は、みずから先行きを企《くわだ》てて組み上げる者ではないようだ。その場その場で、己れの裡《うち》から発現《はつげん》するものに従うしかない。いったい俺はどこへ行こうとしているのだろうと想いつつも、なにはともあれ、まずは本差を仕入れねばと刀剣商へ向かった。

本差を買い戻すために取っておいた小判一枚に一分判二枚は、一年が経つうちに小判一枚だけになっていた。が、刀を居酒屋に置き忘れた先の藩士が礼にと言って一両を奮発してくれたので、一束《ひとたば》で幾らの数打物《かずうちもの》ではなく、ちゃんとした玉鋼《たまはがね》を入念に鍛えた一振りを選ぶことができた。それにしてもかなり値が上がっているので、店主にそれとなく尋ねると、「それはもう世の中物騒になっていますからねえ」と答える。あれからけっこうな時が経っているような気はするが、実際は一年ほどが過ぎただけだから、いまがそんなに物騒ならばあの頃だって物騒だったはずだ。つまり往時《おうじ》は厄介だった俺の気が己れの成立《なりた》ちのみに行っていて、世の中のことをなんにも見ようとしていなかったということか、と省《かえり》みていると、店主が「それはもう様変《さまが》わりでございますよ」とつづけた。

「かつてはほとんどが定寸《じょうすん》ばかりだったのに、近頃は随分と長いのが出ます」

御公儀は本差の刀身の長さを二尺三寸五分までと定めている。それより長い一振りを求めるのは勝手だが、御城や役所に持ち込むことはできない。だから、あらかたの藩も御公儀の定寸に倣《なら》っている。

「長いというと、どれほどの？」

俺は往還を行く博徒《ばくと》を思い出しながら訊く。武家ではなく博徒なら長い。二尺五寸を見たことがある。

「二尺六寸とか、時には、二尺七寸はないかとお尋ねになるお客様もいらっしゃいます」

そう店主は言ってから、赤みの差した顔でつづけた。

「ま、そういうお客様は御武家様とはちがう、その、なんと言いますか、別段《べつだん》のお客様ですが……」

最後のほうは聴き取りにくいほどに声が小さくなった。話しているうちに、俺が何者なのか、確信が持てなくなったらしい。無理もない。俺だって己れが何者なのか、はっきりしない。

「その二尺六寸とか七寸とかいうのは、つまり、長脇差《ながどす》ということか？」

俺はせいぜい武張《ぶば》った調子で訊いた。博徒とはちがうのをひけらかすように。

「ま、そういうことでございます」

安堵《あんど》を隠さずに、店主は答えた。

「長ければ長いほどよろしいようです。それなりの重さになりますので、つい、ほんとうに振れるのかと訝《いぶか》ってしまうのですが」

結局、俺は一年前に処分した本差と同じ二尺三寸を求めた。それと、滅多《めった》に入らない枇杷《びわ》があるというので、三尺二寸と二尺の木刀二本も奢《おご》った。枇杷の木刀なら、本身《ほんみ》とだって打ち合うことができる。用心棒で抜かざるをえなくなったときは、こいつを使うつもりだ。もとより、武家拵《ぶけごしら》えをしたからといって人を斬《き》り殺そうなんてつもりは毛頭《もうとう》ない。博徒どうしの出入りでも、相手を殺せば凶状持ちだ。並みの八州廻《はっしゅうまわ》りならともあれ、韮山《にらやま》代官あたりに睨《にら》まれたら逃げ場はない。まして俺は中追放の身だ。目立ってよいことなんぞなにもない。それよりなにより、戦国から二百五十年が経っているのだ、なんで斬らぬのかと問うほうがおかしかろう。問うなら、なんで斬るのか、だ。俺が問われたなら、だから斬らぬ、と答える。武士道とか大義のためなんぞまっぴらだ。往還暮らしを秋、冬、春、夏と送ってみれば、他人が好きにこさえた掛け声に、はい、そうですか、と乗る者が居るのが信じられない。己れのことは己れで護る、己れの振る舞いは己れが命じる……それが厄介の頃とは別の頭の俺が、往還で得た導《しるべ》だ。相手が何者であろうと、俺は絶対に帰依《きえ》なんぞしない。

往還稼ぎをしていれば博徒の噂は耳を傾けずとも入ってくる。どこにどんな親分が居て、どこでどんな出入りがあったか、だいたいは諳《そら》んじるようになる。俺はまず甲州《こうしゅう》と上州《じょうしゅう》を避け、駿州《すんしゅう》でも富士川《ふじがわ》沿いを避けた。いわゆる大親分には豪農や豪商の出が多い。なんでかと言えば、元は賭場の客だったからだそうだ。むろん、大の上客で、そういう客を御旦那《おだんな》博奕打《ばくちう》ちと言うらしい。大の上客がのめり込むうちに大の親分になっていたという図だ。大親分というのはつまり、そういう御旦那博奕打ちが集まる稼ぎのいい賭場を仕切っている親分のことで、だから、甲州、上州が博徒の本場になる。全国からカネを吸い寄せる機織《はたお》りの地で、懐《ふところ》具合を忘れて遊びに興じることができる御旦那が群れているからだ。桐生《きりゅう》の新町《しんまち》なんぞでは、余所《よそ》の取引相手が店を訪ねるときは駕籠《かご》で乗りつけるのが約束らしい。駕籠にも乗れぬ相手と商いをしているのかと同業に値踏みされて、恥ずかしい想いをするからだそうだ。当然、そういう上客の多い賭場は誰もが腕にものを言わせても己れの縄張りに入れたいから、出入りが多くなるし派手にもなる。人を斬り殺す気のない俺が、足を踏み入れてはならぬ土地柄だということだ。駿州は一見すると博徒の土地から離れているようだが、実は富士川沿いは舟運《しゅううん》で甲州と直《じか》に繋《つな》がっている。駿河のとびっきりの魚と塩と茶が富士川を上り、その代金と絹と博徒が富士川を下る。ここもまた危うい。俺としては、なんとしても欲しいと親分衆に思わせるほどではないけれど、用心棒が要るほどには寺銭《てらせん》が上がるくらいの賭場がよい。仕切る親分の縄張りが、近場《ちかば》の親分との関わりで落ち着いているのも大事だ。そういう賭場を、長居はせずに渡っていく……それが俺のおおまかな、絵図とも言えぬ絵図だった。そのあとの大きすぎる余白は躰で書き入れていく。

まず、向かったのは富士川の東の伊豆《いず》だった。伊豆といえば泣く子も黙る韮山代官のお膝元だ。代官も凄《すご》いが、手代《てだい》も凄いらしい。そんな凄い奴らが目を光らせる土地をわざわざ目指すなんてどうかしていると思われるかもしれぬが、それが俺には格好になる。博徒の大きな動きが抑えられるからだ。馬鹿に大親分は務まらぬから、お膝元での大きな出入りを企《たく》らむ者は居ない。

かといって、伊豆では清流だけが流れているのかといえば、そんなことはない。韮山と目と鼻の先の間宮《まみや》には、その名が義俠《ぎきよう》の人として関東一円に鳴り響いている大親分の根城《ねじろ》がある。韮山代官がうまく御《ぎよ》しているということだ。だいたい、代官所というのは年貢をきちんと確保するための役所であって、罪を犯した者を取り締まる役所ではない。そもそも、そんな気がない。だから、元々ささやかな世帯であることも手伝って、犯罪に備える手はなきに等しい。不備を補うために急拵《きゆうごしら》えした関東取締出役《かんとうとりしまりしゆつやく》、いわゆる八州廻りにしても、薄すぎる布陣を見ればやはり本気で取り組む気のない証《あかし》としか映らない。なんとかしようとする代官ほど、これはと見込んだ博徒を生かしていくしかなくなるのだ。優れた代官とは双刃《もろは》の剣をできうる限り片刃《かたば》に持っていく代官を指す。むろん最初から片刃だけを使えればよいが、手元には双刃しかない。ないものねだりはなんにもしないのと同義だ。そこが韮山代官で、間宮の親分はいい評判しか伝わってこない。これも俺には心強い。韮山代官と間宮の親分の、四つの目が光っていることになる。

それでいて、きっと、用心棒仕事にだって不自由はしない。伊豆の海沿いには十五に近い大舟《おおぶね》の風待湊《かぜまちみなと》があるからだ。舟宿《ふなやど》の数は下田《しもだ》の五十軒を筆頭に長津呂《ながつろ》が四十、柿崎《かきさき》が三十、妻良《めら》子浦《こうら》も三十。客は羽振りがよくて人気《じんき》の旺盛な舟乗りだ。遊郭の数も舟宿に倣っていることだろう。そして賭場だ。風によっては十日、十五日と居つづけることになる。その間、やることはなにもない。遊郭だけでは人気の受け皿としては足りぬ。賭場がなければ収まりがつかない。往還でも雲助《くもすけ》たちは客がつくまで日がな一日博奕に興じていた。彼らはほとんど文無しで、ちんけなものを賭けるしかないが、舟乗りはお大尽《だいじん》だ。間宮の親分から分家を許された貸元《かしもと》たちが、馬鹿にならぬ寺銭を上げているだろう。躰を馴らして勘を植え付けるにはうってつけだ。伊豆から先をどうするかは、またそのとき考えればよい。勘がからっきしない者が、勘がついた者の身の振り方を考えたって仕方なかろう。一年前の厄介だった俺にはいまの俺がわからない。それといっしょだ。俺は枇杷の木刀を背中にしょって、豆州《ずしゅう》を目指した。

あれから一年と七月《ななつき》が経って嘉永六年の四月になるが、いまも俺は伊豆に居る。躰を馴らして勘を植え付けるための伊豆だったはずなのに、暮らしてみれば出ていく理由が見つからないのだ。とにかく魚が旨い。いいかげん慣れっこになってありがたみが薄れてもよいはずなのに、舌に乗せるたびに旨いと歎《たん》ずる。食い物なんぞ腹に入ればみんないっしょと信じ切っていた俺がだ。酒だって西からの船が入るから厄介の頃には飲んだことのない上酒《じょうしゅ》が飲めるし、ただ居るだけでも間が持つ女とも出逢えた。堅気《かたぎ》ではないが、それもいまの定まらぬ俺にはありがたい。なによりいいのは用心棒仕事だ。目論見《もくろみ》通り、というよりも、俺にとっては目論見をさらに上回ってうまく運んでいる。

目論見通りなのは、なんといっても出入りがないことだ。二、三度それらしき諍《いさか》いがあったとは聞いたが、出入りというよりは小競《こぜ》り合《あ》いに近かったようだったし、それに俺の居た湊のことではなかった。出入りにはいつも勘を研ぎ澄ましていて、兆《きざ》しを察ししだい早めに他の湊へ移ると決めているのだが、これまでのところ一度もそれが理由で移ったことはない。やはり、韮山代官と間宮の親分のご利益《りやく》は半端《はんぱ》ではないということだ。

もっともあまりに波静かだと用心棒は要らぬということになりかねないのだが、幸か不幸か、賭場にはいつもうねりの気配が漂っている。舟乗りには一年の大半を海で過ごすせいか陸《おか》の約束事《やくそくごと》に頓着《とんちゃく》しない御仁《ごじん》が多く、賭場の遊び心地《ごこち》が荒々しくなることがままある。とはいえ、彼らは賭場の大事な客なので、たとえ荒れたとしても俺の出る幕はない。遺恨を残すことなく場をどう鎮《しず》めるか……貸元なり代貸《だいかし》なりの腕の見せ処になる。ならば、俺はまったくの役立たずかというと、そんなことはない。いざとなったら力で制圧できるという自信があるからこそ、仕切り役は場を収めることに集中できる。俺として初めて賭場に身を置き、盆茣蓙《ぼんござ》の異様な熱気に煽《あお》られ揺さぶられて初めてそれを悟った。ただの欲の渦《うず》ともちがうあの異様な渦のなかで密な目配りを忘れずに居ようとすれば、たった独りはあまりにきつい。けっして外れず折れもしない突っかい棒が欲しくなる。用心棒は出入りのために求められるのではないのだ。用心棒がやるべきは、すべての稼ぎを生み出す盆茣蓙をつつがなく回すという、博徒の真ん中の勤めを果たそうとする者の背中にそっと片手を添えることにある。これはいくら目論もうとしても想い及ばなかった。

もう一つ、目論見を上回ったのは「海賊」が出没したことである。

「なんかね……」

初めての用心棒に就いて二月《ふたつき》ほどが経った日の夕方近く、南伊豆の湊の賭場を仕切る貸元が眉を寄せて言った。

「今夜あたり来そうな予感がするんで、先生もその気でいなすってください」

「なにが来そうなんですか」

日頃、貸元は不たしかなことを口にするのを嫌う。

「海賊でござんすよ」

真顔《まがお》で言った。

「いや、賭場荒らしなんですがね。奴らは海からやって来るんです」

「海から……?」

「先生は押送舟《おしょくり》はご存知で?」

「なんでもめっぽう速い舟だとか」

「ええ、あっしも元はと言やあ漁師だったんですけどね、東伊豆から江戸なら夜出て朝には着きます。槍《やり》みてえな造りで七丁櫓《ななちょうろ》ですからね。ちっとしか魚を積めねえ代わりに波を切り裂くように進む。で、江戸でもこっちで食うのとさして変わらねえ魚が楽しめるってわけです」

「その押送舟で荒らしに来るんですか」

「そういうこってす。海からばっと来て、ばっと荒らして、さっと海へ引き上げる。海賊でござんしょう」

「そうですね」

「ちゃんと親分担《かつ》いでいるやくざじゃねえんですよ。七人みんなどこの一家にも入ってない。だから、漁師崩れにはちげえねえはずなんだけど、はっきりした素姓はわからねえです。勤めもめっぽう荒っぽくてね。もう、なんにも言わねえでいきなりぶすぶすと得物《えもの》突き刺す。ありゃあ、目の前の人間、魚と思ってんだね。なんで、もし現れたら、先生も仏心《ほとけごころ》とか出さねえでいきなりでやってください。そうしねえと気で押し込まれます。先生がいくら強くても気で負け込むと取り戻すのは容易じゃあねえ。先生もあいつら魚と思ってね、もう、いきなりで、タタキにでもナマスにでもしてやってくだせえ」

もしも貸元の話をちゃんと聞いていなかったら、おそらく、こっちのほうがタタキにされていただろう。「海賊」の動きは手妻《てづま》のように素早く、表から見張りの悲鳴が届いた次の瞬間には出刃《でば》を手にして俺たちの前に立っていた。「いきなり」を念押しされていなければ気を入れるのが一呼吸《いき》も二呼吸も遅れて、木刀を構えたときにはもう俺の胸に出刃が刺さっていたにちがいない。でも、俺は「いきなり」を二度聞いていた。先頭の男が姿を見せたときには、もう、座敷での戦いに備えた二尺の俺の木刀はぶんっという唸《うな》りとともに振り下ろされて、そいつの右の鎖骨を砕いていた。直ぐに後ろに立っていた男の鳩尾《みぞおち》を突き、三人目と四人目は軽く手首を折る。五人目を追ったときには、もう、六人目七人目と共に逃げて消えていた。

用心棒は居るだけで役に立っているのはすでに識っていたが、木刀とはいえ現実に襲撃者を制圧できた感慨はまたひとしおだった。まず、伊豆での用心棒としての凌ぎがしっかりした。あれ以来、俺は「枇杷の先生」と呼ばれるようになって、どこの湊に行ってもありがたい御札《おふだ》のように迎えられる。それだけ、「海賊」が頭の上の厚い雲だったということだろう。「海賊」はあれから姿を見せないが、また、同類が現れかねないことはみんな弁《わきま》えている。御札はきちんと貼っておきたい。中追放で目立つのを避ける俺は手柄を上げても人が変わらず、御札の裏を返しても凶にはならない。どうせ貼らなければならないなら、この御札がいいと思ってくれているようだ。
俺もまた己れが御札たりうると思えている。そのように、己れを信じることができたのが次の感慨だ。往還稼ぎを離れて伊豆に来たのは刀と一つの躰を躰で識ったからだ。武家に戻りたいと思っているのかどうかはわからぬが、ともあれ、刀と躰の結び目が解けぬように再び大小を差した。とはいえ、俺は実戦の場を踏んでいない。ほんとうに刀が躰に入っているのかどうかはいまひとつ信じ切ることができずにいた。が、初めての実戦で俺は押し寄せる男たちを押送舟のように打った。荒波のごとき猛々《たけだけ》しさになんら怯《ひる》むことなく、そう動くしかなかったように動けたのは躰が勝手に動いたからだ。あの瞬間、俺はたしかに刀がこの躰のなかに居ると、共に生きていると思った。

で、俺はいまも伊豆に居る。またひと月が経って、五月に入っても居る。江戸を追われたとき、尺取虫みたいに月を重ねて生きていくと決意したが、その伝《でん》で言うと、俺はこの月で三十四回、月を折り返したことになる。もっとずっと過酷な日々になるのを覚悟していたので、これまでのところは想ったよりもはるかに幸運に凌いできたと言える。

でも、あのときは、そうして尺取虫みたいに生きていれば厄介とはちがう明日に出くわすだろうとも想った。そっちのほうは、そうなったとも言えるし、未だまったくなってはおらぬとも言える。

江戸を離れて以来、俺は厄介の頃とは別の頭で動いている。それは比喩ではなく偽《いつわ》ざる感触《かんざわ》りであって、どれがどうのということではない。たとえば懇《ねんご》ろになった湊の女との仲にしても、あの頃ならば、どうということもない話を時折交わすだけで間を持たせることなどできなかっただろう。じっと押し黙るか、あるいは、しゃっちょこ張った話を切れ目なく喋《しゃべ》りつづけていたはずだ。そういう己れの変わりようを挙げていけば切りがなく、その限りでは幾らでも厄介とはちがう明日に出くわしている。でも、武家との結び目においては、明日は依然として模糊《もこ》としたままだ。往還稼ぎを止めると決めたときも、武家との結び目は切れなかった。まだ、切れぬし、あるいはこの先もずっと切れぬかもしれないと思った。あれから二十と一月が経って、いいかげん節目が見えてもいいと思うのだが、なんにも変わらない。

『江戸幕府日記』のがんじがらめの世界からは、あれからさらに遠ざかっている。中追放で前例踏襲していたら凌いでいけないこともあるが、けっしてそれだけではない。いまならば凌ぎのためだけに遠ざかっているわけではないと、はっきりと言える。初めての実戦で己れの剣を解き放ったことは、己れそのものをも解き放った。遠ざかってみれば、遠ざかって当たり前としか思えない。ならば、もはや武家には戻れぬはずなのだが、いまだに結び目を切る気には至らない。

実はけっこう前から、あるいは、それが理由かと察していることがある。いまの伊豆での日々の、あまりの平穏さだ。それで見えるものも見えなくなっているのではないか……。賭場では変わらずに折れない突っかい棒であろうと気を張り詰めているつもりだ。あれから「海賊」はついぞ現れぬが、襲撃には常に備えているし、逃げた三人の仕返しも念頭には置いている。でも、もう、すでに伊豆も二十一月だ。己れでも知らぬうちに気が漏れてはいないかと問われれば、即座に否《いな》とは言えぬ。そろそろ伊豆を出るか、とどまるならこれまでとはやり方を変えねばならぬという想いはずっと燻《くすぶ》っていた。

あの「海賊」騒ぎのときの南伊豆の貸元が出向いてきて俺に頼みを入れたのはそういう迷いが嵩《こう》じていたときだった。

「実あ、めったにあることじゃあねえんですが、よんどころない成り行きで来月三日に出入りってことになっちまいまして」

貸元はつづけた。

「ついちゃあ、枇杷の先生に助っ人を頼まれちゃあもらえねえかと。御返事はまた明日ってことで、宿で待っておりやす。なに、どうしても受けらんねえってことなら御返事をくださるまでもありやせん。宿に足を運ばずにいてくだされればそのまんま帰りやす。

伊豆にとっちゃあ大事なお方だ。誓って、あとを引いたりはいたしません。また是非とも賭場を護っていただきやす」

いつもの俺なら、それを伊豆を出る絶好のきっかけにしたことだろう。でも、俺はそのとき気づいたのだ。実は己れが「海賊」の二度目の襲撃を心待ちにしていたことを。ひいては出入りをも待ち望んでいて、もしも助っ人を頼まれたら拒み切れないことを。そして、もしも伊豆を出ず、とどまってやり方を変えるとすれば、「枇杷の先生」を返上して、武家らしく斬ることなのだろう、と。

さほど多くを迷うこともなく、俺は貸元の待つ宿へ出向いた。心底《しんてい》ではもっとずっと前に決めていたのかもしれぬ。そうして月が六月に替わって前日の二日、俺は南伊豆の湊に着いて、出入りの場である日和山《ひよりやま》に登った。風待湊にはかならず、風がどう動くかを観《み》るための日和山がある。波やうねりの具合で風を見極めるから、高台で眺望《ちょうぼう》が開けているのが条件で、邪魔になる樹々は丁寧に始末されている。その上、そこは山がちの伊豆ではめずらしく台地のようになっていて、風占いには申し分ないし、出入りの場としてもそこそこだ。閊《つか》えることなく刀を振れる。不具合はなにも見つからず、俺は得心《とくしん》して翌三日を迎え、貸元の屋敷に枇杷の木刀二本を据え置いて再び日和山に登った。それが今日だ。

敵味方ともに二十人ほど。俺は丹田《たんでん》に気を送って斬る腹を据える。敵の腰には例の二尺六寸や二尺七寸があって猛々しく、二尺三寸の俺としては手加減なんぞしていられない。あの「海賊」の夜を思い出して、「いきなり」だと已れに言い聞かせ、最初の一人に狙いを定めようと顔面に目を移す。と、意外や、血の気《け》が引いて目も虚《うつ》ろだ。思わず気が削《そ》がれて、別の的を物色《ぶっしょく》すべく見回すと、顔面蒼白《がんめんそうはく》はそいつだけでなく、また敵だけでもない。敵も味方も顔を青くして、なかには震えが止まらずに膝をがたつかせている奴も居る。なんなんだ、これは、と思っているうちに、だらだらと戦いが始まったが、みんなその場に固まって足が動かず、恐怖からなのだろう、目を瞑《つむ》ったまま出鱈目《でたらめ》に長脇差を振り回している。神主がお祓《はら》いでもしているような動きで、相手を斬るというよりも、こっちへ来るなと、子供がいやいやをしているとしか映らない。目の当《ま》たりにしてみると、たしかに二尺六寸、七寸はこうして遣《つか》うものなのかと、妙に納得させられる代わりに、斬ると据えたはずの腹から重みがどんどん失《う》せていく。それでも、ここで抜かなければ山を下《お》りようがないので、なんとか瞼《まぶた》を開いていっとうまともに二尺五寸を振るっている奴に目を付けて鯉口《こいくち》を切り、抜刀《ばっとう》しつつ一歩を踏み出した。そのときだ。背にしていた海から、いまだかつて聴いたことのない腹に響く轟音《ごうおん》が押し寄せて、日和山を包《くる》んだのは。

思わず振り返ると、白波《しらなみ》の立つ伊豆の海をものともせず、真っ黒な巨船が煙をもくもくと吐きながら突き進んでいる。その後ろにも三艘の黒い船が従っている。そして、もう一度、あの空をも歪《ゆが》ませる音の塊《かたまり》を放った。立ち尽くす俺の右手から本差が離れて草地に転がる。一瞬ののち、俺は腰から脇差も外して放り置き、巨船に負けじと大声を張り上げながら一目散《いちもくさん》に日和山を下った。

台

「なんだ、その髷《まげ》は」

三日ぶりに家へ帰ると、兄と鉢合わせをした。刻《とき》は朝四つ、いつもならとっくに昌平《しょうへい》坂《ざか》の学問所《がくもんじょ》へ行っている頃合いだ。どうにも間《ま》がわるい。たった三つちがいの二十四歳なのに、兄は父よりも堅く、口やかましい。

「似合いますか」

「似合うはずがなかろう！」

半月ほど前から付き合い出した女が内藤新宿《ないとうしんじゅく》の髪結《かみゆい》で、その女髪結の家に居つづけていたのだが、二日目の朝、飯を喰い終えると、まじまじと俺の顔を見て「ちがう」と言った。

「なにがちがう？」

「その大銀杏《おおいちょう》、ぜんぜんあんたらしくない」

「そうか」

「まるで侍《さむらい》みたい」

「侍だぞ、俺は」

「侍は侍でも次男坊の部屋住みでしょ。やることなくって、内藤新宿に入り浸っている半端者《はんぱもん》じゃない」

内藤新宿は四谷《よつや》の間近だが、大木戸《おおきど》の外にある。江戸には入らない。その気易《きやす》さが、市中に居場所を見つけられない輩《やから》を引き寄せるのだろう。吹き溜まって粋《いき》がる半端者が目につくのはたしかだ。

「半端者は半端者らしい髷にしなきゃ」

「喧嘩《けんか》、売ってんのか」

笑って唇を動かすと、女は箱膳《はこぜん》を除《の》けてにじり寄り、猫みたいに躰《からだ》を擦り付けながら言った。

「あたしが半端者好みなのはわかってんだろ」

いや、わかっちゃいない。

「色男の半端者が堪《たま》んないのさ。あんたみたいなね。あんた、色悪《いろあく》にしか見えないよ。ぞくっとする」

特段、己れを半端者とも思っちゃいない。

「あんたも知ってる女衒《ぜげん》の松太郎《まつたろう》ね」

思い出すのに間が空く。松太郎は知っているが、見知ったときにはまだ女衒じゃあなかった。女衒を知ってるんじゃなくて、知った野郎が女衒になった。十七、八の頃から悪所《あくしょ》に出入りしていれば、いろんな奴と顔見知りにはなる。

「侍にしとくにゃもったいねえって言ってた。あんたが女衒やりゃあ蔵が建つって。あたしもそう思う」

蔵建てるような奴あ女衒にはなるめえよと思う俺に、女は鼻声になって凭《もた》れかかる。

「だから、こうなってんじゃないか」

なんだ、朝っぱらからか、と想ったら、すっと退《の》いてつづけた。

「だからさあ、結《ゆ》わしとくれよ、髷」

やっぱり、こいつは猫だ。たぶん、しばらくはこの猫に喰わせてもらうんだろう。小遣いだって渡されることになる。払いが髷なら安いもんだ。

「江戸一の色悪に仕立ててもらおうか」

色悪は二枚目の悪役だ。

「七代目なんて目じゃないさ」

そうこなくっちゃ、って顔で猫は言った。

「ふるいつきたくなるような伊右衛門《いえもん》にしたげるよ」

で、俺は兄にこうして叱責《しっせき》を受けている。

女が結ったのは小銀杏《こいちょう》なんだろう、月代《さかやき》広く、髷細く、鬢髱《びんたぼ》がゆるい。でも、小鬢《こびん》の剃り具合なのか、刷毛先《はけさき》の塩梅《あんばい》か、町人のそれとも町方《まちかた》のそれともちがう。半端っぽさが半端なく、じわっと危うさが滲《にじ》み出る。経書《けいしょ》のごとく生きようとする兄には、ありえぬ風体《ふうてい》なのだろう。

「いつも屋敷に居着かず、ふらふらしてばかりいる」

度しがたいという風で、兄は言う。

「いったい、この先のことを考えておるのか」

むろん、考えている。考えない部屋住みは居まい。

「口酸《す》っぱく言っても、蛙の面《つら》になんとやらだ。どうせ、三年早く生まれただけで偉そうに、くらいに思っているのだろう」

「わかりますか」

俺は軽口で返す。軽口交《ま》ぜずに兄と話すのはしんどい。

「たしかに、俺は努めて跡取りの座を勝ち取ったわけではない」

兄はどこまでも真《ま》っ当《とう》だ。どんな言葉にも真正面から向き合う。

「たまたま俺が先に生まれたから嗣子《しし》になり、おまえは部屋住みになった。俺の力ではない。だからこそ、おまえの先行きが案じられる。ただの巡り合わせだろうがなかろうが、おまえの出仕《しゅっし》の路《みち》が限りなく狭いのは厳然たる事実だ。事実は事実として、ありのままを見据えなければならん。日々のおもしろおかしさで紛《まぎ》らわせているうちに時はどんどん過ぎ去る。まだまだと思っているうちに、もう、になる」

自分で話していて、息苦しくないか。

「いまのうちから対処の手立てを講じろ。遅くはあるが、遅過ぎはしない。取り返しはつく。老いて、なお厄介《やっかい》で居るのは酷《むご》いぞ」

「医者か坊主か、ですか」

部屋住みの多くは、呪文のように〝医者にでもなるか、坊主になるか〟を唱える。

「それも一つの手ではあるだろう」

兄は部屋住みの逃げ口上も切り捨てない。律儀にいったん呑み込んでから言葉を返す。

「しかし、まずは常道《じょうどう》で、養子を考えてもよくはないか」

やはり、そこか。

「むろん、いい養子先にありつくのは富籤《とみくじ》に当たるようなものだ。座して待っていては話にもならん。とはいえ、こちらからひたすら追い求めても徒労に終わるだけだろう。向こうから選ばれるように、己れを磨くしかない。厳しいからこそ、路の真ん中を往《ゆ》くのだ。磨かれた者を選ぶ養家《ようか》はいい養家だ。入ったあとで苦労することがない」

言わせてもらえば、俺も己れを磨いてはいる。ただ、兄の考える磨き方とはまるっきりちがうということだ。

「で、おまえに奨《すす》めたいのだがな」

ま、いちおう聴いておく。

「次の学問吟味を受けてみたらどうだ」

「がくもんぎんみ⁉」

俺は思わず声を上げた。

「そうだ」

「昌平黌《しょうへいこう》の？」

「ああ」

そいつはあんまりべらぼうだ。

「私は餓鬼《がき》の頃に素読《そどく》をしたっ切りですよ」

常に真っ当な兄の口から出た言葉とは思えない。

「それは承知だ」

「では、なぜ？」

学問吟味は俺ではなく、兄が目指しているものではないか。

「できることをやっていたら、人は変わらん」

すっと兄は言う。

「到底できぬと想えることを成し遂げてこそ、一皮も二皮も剝《む》ける。磨かれる。逆に言えば、一皮も二皮も剝けなければ、できぬことはできん」

二の句が継げぬ俺に、兄はつづけた。

「とはいえ、まったく目がなければ俺も口には出せん。かえって害になる」

つまりは、目がなくはないということか。

「今年や来年だったら、たしかに一縷《いちる》の望みもなかろう。備える時が足らな過ぎる。が、今年も来年も吟味はない。もともと吟味は三年に一度、正月の開催だった」

「ならば、吟味は再来年《さらいねん》ですか」

再来年でも十分に足りなかろう。

「いや、三年後だ」

「三年後……」

「豪奢《ごうしゃ》な化政《かせい》の御代《みよ》に、カネが隘路《あいろ》になるのは解《げ》せんがな。費用がかかり過ぎるということで、文化《ぶんか》の三年から十二年の中断があった。文化十五年に再開されてからは五年に一度の開催になっている」

また、ずいぶんと空ける。

「前回の第十一回が天保《てんぽう》九年だったから、次の第十二回は十四年の正月十六日。いまが十一年の三月だから、二年と十月《とつき》、備えることができるというわけだ」

「それで足りますか」

「やり方しだいだろう」

揶揄《やゆ》のつもりで問うたが、兄には通じなかった。

「人と同じやり方をしていたら足りない。そもそもおまえは大きく出遅れている。同じ備え方をしたら後《おく》れをとるに決まっている。人とはまったくちがう、これまでになかった新しい備え方をみずから編み出すのだ。言ったように、それが、到底できぬと想えることに挑む意義だ。たとえ吟味には通らなかったとしても、これからのおまえにとって、誰も考えもつかなかった仕法を考え抜いた経験は大きな糧《かて》になるはずだ。養子よりももっと、おまえにふさわしい路が開けるかもしれん。二年と十月、のめり込んでみろ」

わるいが、それはできない。

兄と俺はちがう。

どこがどうというよりも、物を考える根っこがちがう。

なによりも俺は幕臣にならなければならぬと思っていない。いや、そもそも武家であらねばならぬと思っちゃいない。世間は跡取りに生まれつかなくて生憎《あいにく》だったと見るのだろうが、俺はむしろ幸運だったと思っている。お蔭で、武家の身分に縛られずに済む。

俺は町人にも百姓にも、筋者《すじもん》にも女衒にもなることができる。俺には身分の段差がない。

いまは、その幸運を味わい尽くそうとしているところだ。それが俺の「己れを磨く」だ。味わい尽くせば、無理に求めずとも己れの息する場所が見えて来るだろう。学問吟味はあくまで栄誉であって、出仕につながるわけではないらしいが、それでも俺には、己れを武家の檻《おり》に閉じ込める営《いとな》みとしか思えなかった。

だから、兄の言葉に頷《うなず》くわけにはゆかぬが、それでも、久々にまともに言葉を交わして、兄の実《じつ》は伝わった。弟の分際《ぶんざい》でおちょくりはするが、俺はけっして兄を軽んじてはいないし、嫌ってもいない。堅い分、いい加減さとは無縁だし、口やかましいけれど、その口やかましさには実がある。実が溢れて、唇が動くのがわかる。己れが悪所に馴染《なじ》むほどに、偶《たま》に見るこの人がとてつもなくいい人に思えてきたりする。心根《こころね》が優しいのだろう。祖父に似たのかもしれない。祖父は下級旗本としての日々を送りながら漢籍を読み込んで、隠居したいまも子供たちに素読を教え、若者の読書教師を務めるなどしている。偏屈が多い在野の儒家ではめずらしく、厳しくはあるが、学ぶ者一人一人に寄り添った導きですこぶる評判がいい。時折、俺も祖父や兄の居る世界で、共に生きていきたいと思ったりする。兄の学問吟味の奨めに「すこし考えさせてください」と応じたのは、あながち、角を立てずに辞去するためだけではないのだ。が、それはやはり、魚が陸《おか》で暮らそうとするようなもんで、危ない猫に隣りでごろんとされればすぐに正気に戻るのは目に見えている。俺は兄の実だけ受け取って、学問吟味の件はさっさと忘れることにした。

次に兄と会ったのは母の七回忌の席で、あれからふた月が経っていた。残り二年と十月は二年と八月《やつき》になって、兄と顔を合わせづらかったが、母の法事となればなにを置いても駆けつけなければならない。武家の男子にとって親といえば父親だろうが、武家を目指さぬ俺にとっては母だった。家とは母の居る場所であり、母が風病《ふうびょう》で逝《い》ってからは、十五歳だった俺をまだ子供として扱ってくれた祖母と、祖父の居る場所になった。

そういうわけで、仏事《ぶつじ》が終わって御斎《おとき》になると、俺はもっぱら祖母の相手をした。時は天保の御主法替えの真っただ中で、御省略の大号令がかかっており、歌舞伎《かぶき》は老中首座から目の仇《かたき》にされていたけれど、祖母も母も芝居好きだったので、供養《くよう》という体《てい》にして舞台の話をした。三座《さんざ》からはとっくに手頃な土間《どま》席が消えて桟敷《さじき》ばかりになっていて、とても下級旗本の家の者が足を向けられる場所ではなくなっていたが、この三月の河原崎座《かわらざきざ》だけは、七代目市川團十郎《いちかわだんじゅうろう》改め五代目市川海老蔵《えびぞう》の『勧進帳《かんじんちょう》』の初演が掛かるとあって、祖父と二人で桟敷に納まったらしい。

「でも、なにかね……」

けれど、祖母はいまひとつの様子だった。

「わたしはやっぱり生世話物《きぜわもの》がいいわね」

「鶴屋南北《つるやなんぼく》がお好きでしたね。とりわけ『於染久松色読販《おそめひさまつうきなのよみうり》』でしたか」

「そりゃ五代目半四郎の十八番《おはこ》だもの。あと三代目菊五郎も好き。あ、でも『勧進帳』の八代目團十郎の義経《よしつね》はよかったわよ」

母もそうだったと聞いたが、祖母は無類の二枚目好きだ。二人にとっての歌舞伎は二枚目役者を愛《め》でることに尽きるらしい。七代目團十郎が押されがちな荒事《あらごと》を盛り立てるために念入りに仕込んで世に問うた『勧進帳』の弁慶《べんけい》も、祖母の目には霞んでいるようだった。祖母は新たに見つけたまだ十八歳の二枚目を熱《あつ》く語り出したが、義経が弁慶に打たれる件《くだり》で、俺の背後に気を取られる風になって唇を止めた。

促されるようにして首を回すと、客の前に出るにはいささか粗末過ぎる木綿《もめん》を着けた若い女が、襷《たすき》も外《はず》さずに酌《しゃく》をしようと待ち受けている。じっと押し黙って、「いかがですか」のひとつでもない。その面妖《めんよう》な気配に思わず盃を手に取って受けると、にこりともせずに徳利を注《つ》いだ。

「おまえは初めてだったわね。三月《みつき》前から入ってもらっている清《せい》」

祖母が引き合わせても、唇を緩《ゆる》めぬまま背中を見せて隣りの席に向かおうとする。

「気が張っているのよ」

俺はすぐに顔を祖母に戻そうとしたが、視野の片隅に親類の相手をしていた兄が入って、目が留まった。

見ているのだ。

兄から離れた席を回ってぎこちなく酌をする清を見ている。

それも女として見ている。

化粧っ気なく愛想なく、ただひたすら下女《げじょ》奉公を勤める女を女として見ている。

あの兄が。

二十四歳にしてはあまりに初《うぶ》な男を晒《さら》している。

俺が己れをつくづく難儀に感じたのはそのときだ。

気づくと俺は、なんともくすんで、輪郭くらいしか覚えていない清の顔に、目鼻を入れようとしていた。

思っただけでなく、早速、動いた。

清が空になった徳利を盆に載せて水屋《みずや》に戻ろうとするのを見届けると、俺はすこし間を見計《みはか》らってから手水《ちょうず》を遣《つか》う振りをして席を立った。

手水は水屋の前を通る廊下の突き当たりにある。清が新しい徳利と共に水屋から座敷へ向かえば、手水へ行く俺と出くわす。

企《たくら》んだとおり、座敷の唐紙から壁に替わった処で硬い顔で盆を持つ清を目にした。

手水に急いでいる風をして躰を横にし、いかにも清を避けるようにして、しかし、盆から徳利が落ちるには十分な当たり具合を測って擦れちがう。

背中で徳利が割れる音をたしかめると、振り向いて、「わるい！」とだけ声を掛け、腰を屈《かが》めて欠片《かけら》を拾っている清を手伝うこともなく、差し迫った振りをしてその場をあとにした。

まともに謝りを入れたのは、それから四日の後である。堺町《さかいちょう》や葺屋町《ふきやちょう》の芝居茶屋で働く女たちに人気の小間物屋で、評判の懐紙《かいし》と懐紙入れを買い求め、詫びの徴《しるし》にと手渡して「この前は済まなかった」と伝えた。「手水で切羽《せっぱ》詰まってたもんでな。つまらんもんだが、使ってくれ」。

粋が売りの江戸でも、うろつく野良《のら》さえ艶《つや》めいて見えるのが芝居町だ。その茶屋で日々を送る女たちが選んだ物なら、たいていの女に気に入られると踏んでいい。なかでも懐紙にしたのは、なんにでもなるからだ。手拭《てぬぐ》いにもなれば、化粧直しにも使える。包めば大事な物をしっかり守るし、手紙も書ける。和歌の嗜《たしな》みがあれば、歌だって残せる。使う者しだいでどうとでも変わる。もらって使い途《みち》に困らない。おまけに、とびっきりの品物でも、そこは紙だから高くても限りがあって、もらう者の気持ちの負担にもならない。詫びの徴には格好だ。いきなり高直《こうじき》の物を贈ったりすれば下心が見え見えになる。案の定、清は戸惑いながらも頭を下げて受け取った。

ぶつかってから詫びるまで四日を置いたのは、むろん、その間《かん》ずっと清の胸底《むなそこ》に俺を棲《す》まわせるためだ。一度の振る舞いで人を好かせることはできぬが、一度の振る舞いで人を憎ませることはできる。なんて奴だってことをやっておきながら謝らない。憎しみほど強い想いはないから、これでしっかり己れが相手の気持ちの裡《うち》に巣喰う。そうして十分に巣喰わせておいてからすっぱりと謝る。己れの迂闊《うかつ》を晒して弱みを見せつけると、なおいい。大抵の人にとって憎しみは重荷だ。本音では、相手を赦《ゆる》して身軽になりたい。だから、赦す言い訳を与えてやる。これで溜まりに溜まった憎しみがたちどころに好意に変わる。始めっから好かれようとするより、よっぽど効くし、結局、手っ取り早い。

三日ではなく四日なのは、人はなぜか三、五、七という数で気持ちを区切るからだ。とりあえず待つとき、その〝とりあえず〟はあらかた三日だ。三日待って期待どおりにならないと、四日目には三日の我慢が破裂して憎しみは数倍に膨らむ。三日の憎しみは三日分だが、四日の憎しみは四日分ではない。十日分にも二十日分にもひと月分にもなる。その量はそのまま、裏返しとしての好意の量だ。俺は清の瞳に好意の広がりをたしかめると、言葉を足した。

「俺はこの家の者なんだが、知ってるかい」

清は無言でこっくりする。目が細いが、涙堂《るいどう》がふっくらしているので細く見えない。

「明日からまたここへ戻ることになった」

祖母の話では清はまったく融通が利《き》かぬらしい。良く言えば、一切、手抜きがないらしい。度々《たびたび》、外へ連れ出すのはむずかしかろう。ならば、俺のほうから家へ入るしかない。仕込んだからには、手間暇《てまひま》かけても、きっちり醸《かも》す。

「よろしく頼む」

とはいえ、家へ戻るのは高くついた。さっさと忘れることにしたはずの学問吟味を引っ張り出さなければならなかった。ずっと家に寄りつかなかった俺が、いきなり戻ると言い出せばいかにも唐突だ。いったい、どういう風の吹き回しだってことになる。けれど、吟味に備えることにすれば、誰もおかしいとは思わない。祖父は在野とはいえ儒家だし、兄は昌平黌の稽古生《けいこせい》だから、屋敷には経書の類《たぐい》がたっぷりとある。吟味に備えるにはうってつけの場所で、皆、そういうことならと得心《とくしん》する。

「受ける気になったのか」

兄などは戻ると決まると顔を綻《ほころ》ばせて言ってきた。笑顔は掛け値なしのもので、腹を探ろうなどという気は露《つゆ》ほども窺《うかが》えない。あまりに無防備で、こんな人を裏切るのかと想うと、さすがに気が滅入《めい》ったが、因果なことに、企みを止めようとは思わなかった。

「まだ、はっきりとは」

せめて、俺は曖昧《あいまい》にした。

「下調べをした上で、考えを決めようと思いまして」

言いながら、いったい俺はなにをやっているんだと思った。

殊勝な気を起こしたせいなのか、家へ戻る前にも、躓《つまず》いた。内藤新宿の女髪結は別れるとなればさっぱりと切れる気《き》っ風《ぷ》の女と踏んでいたのだが、いざ、口に出してみるとちがった。このあたりの処は、いくら場数《ばかず》を踏んでもまちがうときはまちがう。知った野郎のなかには、手に庇《かば》い傷の跡が残る奴が幾人も居る。庇い切れずに刺されたり、仏になった奴だって知っている。寝入ってるところをやられりゃあ、ひとたまりもない。だから「髪結は剃刀《かみそり》遣うの知ってるよね」と言われたときは、あーあと溜息が洩れた。男と女だ。下地《したじ》は泥田《どろた》だ。泥田とわかって、そこに一輪の睡蓮《すいれん》の花を咲かせる。そいつが遊びだ。俺は遊びにしくじったのだった。あとは泥田を這《は》い回って、なんとか逃げ果《おお》せるしかない。家に戻ったときの俺は泥塗《どろまみ》れだった。

そこまでして戻ったくせに、いざ、己れの座敷に収まってみると、躊躇《ためら》いが生まれた。女髪結の件があとを引いていたわけではない。立ち直りが早くなければ、こんな暮らしはつづけてらんない。気持ちが定まらなかったのも、こびりついた泥がさっさと落ちて、意気地《いきじ》が戻っていたからこそだ。

女衒の松太郎が「侍にしとくにゃもったいねえ」と言うほどに遊んできたことは事実だった。懐紙の評判を聞いた芝居茶屋の女たちのなかにも、馴染んだ相手が少なくない。あいつは落とせないと噂される女たちを落としてきた。高嶺《たかね》に咲いてるほど張りが出た。そんな俺からしてみれば、清はもう掌《てのひら》のなかの蝶のようなもんだった。指の力を抜くのをうっかり忘れただけで潰《つぶ》れちまうのは明らかだ。いまさら俺が手を出す相手じゃあない。そんなことは端《はな》っからわかり切っていたはずなのだが、庇い傷のときといっしょで、おんなじしくじりを幾度も繰り返す。

むろん、こんどのことは兄との絡みだ。だからこそ、田んぼの臭いが抜けねえ清を相手にしようと思ったわけだが、憎くもねえ心優しい兄の想い人を横取りして、いったいなにをどうしようってんだろう。俺は手にしていた『大学《だいがく》』を放り出して寝転がり、天井の板目に目を預けて考えた。そして、すぐに起き上がった。考えるまでもなく、あのときはどうかしていたのだ。いっときの気の迷いというやつなのだ。俺は経書が積まれた座敷を出て濡れ縁に座り、どうやって家を出るかを考えた。

学問吟味は止めにした、と言うにはあまりに早い。さりとて、座敷に籠っているわけにはゆかない。いっとう角が立たないのは、いい塾を見つけたので通うことにしたという口実で息抜きに出歩き、なんとかふた月は持たせることだが、儒学の塾なんて知らない。相手は兄と祖父だから、いい加減を言えばたちどころに見破られるだろう。はてさて、どうしたものか……。

「すいませんが、そこ、退《ど》いてもらえますか」

考えを中座させたのは、頭の上から降《ふ》ってきた無愛想な若い女の声だった。

「雑巾《ぞうきん》かけたいんで」

振り向くまでもなく清だった。

「尻ひとつ分くらい、いいだろう」

「尻ひとつ分でも、拭かなければ掃除は終わりません」

「あのな」

俺がなかなか口説《くど》きに出ないんで腹を立てているんだろう。誘っておいて、置き去りにしたようなもんだ。気づくと、俺は首を回して言っていた。

「こんど、芝神明《しばしんめい》の絵草紙屋《えぞうしや》にでも行かねえか」

結局、誘っちまった。

落とすのは止めにしたはずなのに、こういう成り行きになると知らずに唇が動いちまう。

もう、なるようにしかならない。

こいつは病気だと悔やんだが、清は鮸膠《にべ》もなかった。

「退いてくれるんですか。くれないんですか」

幾度、振り返っても、俺は拒まれたようだった。

俺は鼠に噛まれた猫のような気分で、なんで断わられたのかを考えた。

咄嗟《とっさ》に、芝神明の絵草紙屋が口を突いてしまったが、あれがいけなかったのだろうか。

芝神明は江戸の西の端《はし》の盛り場だ。東海道を使って江戸下がりする人々はこぞって芝神明で土産《みやげ》を仕入れるので、錦絵《にしきえ》などを商う絵草紙屋がびっしり軒を並べている。つまりは、江戸者《えどもん》ではない者たちのための町だ。清の田んぼの臭いに釣られてつい出てしまったのだが、あれでは、おまえは田舎者だと言っているようなものではないか。

そうだ、そうにちがいない。俺は深く悔いて、尾張町《おわりちょう》の人形屋に行ってみないか、とか、木挽町《こびきちょう》の甘い物屋へ出かけないかなどと言って誘い直したのだが、清の様子はなんにも変わらない。むしろ、呆れている風で、「いっぱい学問しなければならないんでしょう」などと意見する。

拗《す》ねて言われりゃあ蜜《みつ》を孕《はら》むが、なにしろあの無愛想な声だ。己れがどうしようもない奴に思えてくる。半月も断わられつづけた頃には俺の意気地はすっかり打ち砕かれて、そもそも己れが勘ちがいしていたのではないかと思案した。

俺は、女には初な兄が清への想いを言い出せないままでいると見たのだが、ひょっとすると、もう二人はできていて、泥田の仲になっているのではないか。けっこう気持ちも肌も合って、花さえ咲かせそうで、だから俺を歯牙《しが》にもかけないのではないか。

ひと月が過ぎると、清に想いもしなかった変化があって、俺は、はっきりと清と兄の仲を認めなければならなくなった。

清のお腹《なか》が丸みを見せ始めたのである。

明らかに、肥えたふくよかさとはちがう。四月《よつき》か、あるいは五月《いつつき》といったところだろう。

もはや、家に居ても意味がない。俺は明日にも引き払うことを考えた。ひと月で学問吟味を見切るのは早いが、もう、そんなことは言っていられない。

そうはいっても力が入らず、だらだらと幾日かが過ぎて、ようやく腹を括《くく》って荷物を整理し出したある日の午下り《ひるさが》、突然、障子が開いて兄が入ってきた。

「いったい、どういうことだ!」

血相を変えて言う。

「なにがですか」

拳《こぶし》を握り締めて、いまにも殴りかからんばかりだ。こんな兄は見たことがない。

「清だ」

となれば、お腹のことしかなかろう。

「おまえだろう」

なんだ、それは。

「おまえしかいない」

俺は弾《はじ》けた。

「冗談じゃない！」

俺とてもろもろ溜まっている。「いったい、どういうことだ！」はこっちの台詞《せりふ》だ。あの朴念仁《ぼくねんじん》を絵に描いたような兄が下女に手を着けて孕ませるとは。

「父親はそっちじゃないんですか」

「俺だと」

「こっちは手にさえ触れていない」

俺は言い切るが、兄の目は信じていない。

「それに、俺が清を知ったのはひと月ちょっと前の法事のときです。あのお腹は四月か五月だ。俺が父親であるわけがないでしょう」

「そう……か」

兄の拳の指が解《ほぐ》れる。

「覚えはないんですか」

俺は答えたが、兄はまだ俺の問いに答えていない。

「ない」

きっぱりと、兄は言う。

「手を触れたこともないのは、俺もいっしょだ」

兄じゃない。

嘘で繕《つくろ》う人じゃない。

ならば、誰だ。

父親は誰だ。

下男は居るが、二人とも六十を越えている。見た目も明らかな年寄りで、清の相手とは考えにくい。

ふと、ずっと俺の裡では霞んでいた父の顔が浮かぶ。

父を男と見たことはないが、六年前に母が逝ってから、父は後添《のちぞ》えをもらっていない。齢だってまだ五十前だ。

この屋敷の中《うち》にお腹の子の父親が居るとすれば父しかいない。

父でなければ屋敷の外で、家とは関わりがなくなる。

「清には訊《き》いたんですか」

「いや」

こういうことは男には訊きにくい。

訊いていないのなら、父にも訊けない。

清が父とも言っていないのに、父に問いただすのは道理に合わない。

座敷から言葉が消えて、妙な静けさが耳を這う。

追い遣りたいが、言葉が出ない。

どうにかならんかと思っていたら、開け放たれたままの障子の向こうで声がした。

「訊きましたよ」

目を向けると、廊下に祖母が立っている。

「清に訊きました」

そうだ、女なら祖母が居た。

思わず耳に気を集める。

「あの夫《ひと》ですよ」

「あのひと……？」

「わたしの夫《おっと》」

すぐにつづけた。

「あなたたちのお祖父《じい》様」

そんなことが。

あるんだ。

六十九歳の老人に女で負けた俺は並べ替えられた本の山のようだった。

見た目は同じだが、中身はまったくちがった。

なによりも、遊びが馬鹿馬鹿しくなって、盛り場にも近づかなくなった。

己れの裡に溜まった手練手管《てれんてくだ》がなんとも鬱陶《うっとう》しくて、なんにもする気になれない。

しばらくは呆《ほう》けていたが、でも、俺は二十一歳の若い男子だった。いつまでも、なんにもしないでいるわけにはいかない。俺は江戸者だ。意気地と張りだ。てれっとしているのはなしだ。

なんか、しようと思った。

やるなら、いままでやってきたこととまるっきりちがうものがいい。

さて、なんだろうと思ったら、目の前に経書があった。

そして、学問吟味があった。

俺にとっては、いっとう〝いままでやってきたこととまるっきりちがうもの〟だ。

やってやろうじゃないか、と思った。

二年と七月《ななつき》足らずで及第してやろうじゃないかと思った。

そのときから俺は備えに没頭した。

兄が言った「これまでになかった新しい備え方」に取り組んだ。

まずは目標の定め方だった。

学問吟味の及第には、上から甲科、乙科、丙科の順がある。

俺はあえていっとう上の甲科を狙わず、乙科及第を目指すことにした。出題されるすべての問題に全力を傾けるのではなく、己れが注力すべき問題を絞ったのだ。

大きく分ければ、問題には四つの枠がある。和解題《わかいだい》、論題《ろんだい》、策題《さくだい》、そして問目《もんもく》である。このうち和解題と問目は蓄えた知識の量が鍵になり、論題と策題は考えを進める力が鍵となる。

俺に与えられた時はおよそ二年半。知識の量では、長年にわたって研鑽を積んできた者には太刀打ちしようもない。

俺は和解題と問目を半《なか》ば捨て、代わりに論題と策題で満点を取ることで合格を勝ち取ることにした。おのずと甲科及第は望みにくい。乙科及第が、俺にとっての甲科及第だった。

考えを進めるのには慣れていた。人はともあれ、俺が遊び場で名を馳《は》せたのは顔貌《かおかたち》のゆえではないと、俺は信じている。考えるのが習《なら》い性《しょう》になっていたからだ。

付き合いのなかにめっぽう強い相撲取りが居て、強さの秘訣を聞いたことがある。「並の力士《りき し》はその際《きわ》がわからない。ここで技をかければ必ず相手が転《ころ》がるという際がある」と相撲取りは言った。「並の力士はその際がわからない。わかっても、技を仕掛ける勇気がない。だから、目の前の勝機を逃す」。俺は女が落ちる際を察する手立てを気を集めて考えた。それができてからは、際を待つのではなく、際をつくりだす手立てを考えた。

俺は懐紙を〝懐に入れる紙〟とは覚えなかった。〝なんにでも使える紙〟と覚え、〝使う者が使い方を編み出す物〟と覚えた。人にとっての意味で、言葉を覚えていった。だから、清に懐紙を贈ることができた。意味で覚えると、言葉に腕ができる。同じ意味を持ついろいろな言葉と腕を組む。まるで関わりがないとされていた物が繋《つな》がっていたとわかる。目の前の見え方がちがってきて、気の利いた話のひとつもできるようになる。際をいじれる者になる。

夏と冬は近い。暑い季節と寒い季節。まるで逆のようだが、穏やかな春秋との落差で測れば夏と冬は同類だ。同じように、憎しみと好意は近い。近いから、入れ替わりやすい。そうして、憎しみから入るという手練にたどり着いた。

いまとなっては鬱陶しいと退《しりぞ》けた手練だが、学問吟味の問題に本気で向き合ってみると、手練に至る考え方は絶対に排除すべきではない。俺は考える習い性を存分にはためかせることにした。そもそも、満遍なく点を稼ぐやり方を止めて乙科及第を目指すという目標の立て方じたいが、手練そのものだ。

　そうして、のめり込むと、時は瞬《また》く間に過ぎていった。

　夏が過ぎ、秋が過ぎ、冬が来て、十月の半ばに、清が女の子を産んだ。祖父の子とわかってからも清はずっと家に居て、産月《うみづき》近くになると、祖母はまるで孫娘のお産のように親身になって世話をした。あのあたりの気持ちは俺がいくら考えを巡らせてもわからない。

　お産が終わると、赤子は祖父の教え子だった商家の子供のない夫婦にもらわれ、清は里へ帰って綿作農家に嫁《とつ》いだ。子も母もそれぞれに、良い縁だったらしい。

　その後も清はしばしば家を訪れた。まるで実家にでも帰ってくるようで、明けた年の秋には、赤子を抱いてやって来た。

　祖母と祖父は相好《そうごう》をくずして迎え入れ、祖父は布団やら強壮薬やら蜜柑やらを買い与え、祖母は疱瘡除《ほうそうよ》けやら乳の出るお札《ふだ》やら洗米《せんまい》やらを手渡した。

　祖母と祖父が、互いをどう思っているかはわからない。

　俺とて、祖父には心穏やかになりにくいものがある。なんで、清は俺ではなく祖父だったのだろう、といまだに振り返るときがある。祖母は俺どころではないはずだ。おのずと、祖父とて安《やす》んじてはいられないのではないかと想うのだが、どうなのだろう。

　少なくとも、傍らで三人の息遣いを感じている限りでは、剣呑《けんのん》なものは窺えない。そして、学びに疲れ、襖《ふすま》を開けて、三人の笑顔に目を遣っていたりすると、なにか、巡らせていた考えに血が流れていくように感じたのは事実だ。

そうして、学問吟味を控えた跡取りと部屋住みと、孫のような女と赤子と、二人を迎える祖母と祖父を軸に家は回っていき、すぐに天保十三年になって、その十三年も時のない部屋住みが焦りまくるほどに駆け足で過ぎて、いよいよ、第十二回学問吟味の開かれる天保十四年の正月になった。

結果を言えば、俺は目標とした乙科及第を果たすことができなかった。

甲科及第だった。

兄も甲科及第で、二人して喜び合った。


あれから十一年が経って、いまは安政《あんせい》元年の暮れである。

今年、俺は海岸防御御用掛《かいがんぼうぎょごようがかり》、いわゆる海防掛《かいぼうがかり》に役替えになって、異国と折衝する全権の支援に回っている。いまは魯西亜《ロシア》との条約の調印が終わったばかりだ。

正月早々のペリーの再訪に象徴されるように、安政元年は開国の年になった。三月、米利堅《メリケン》、八月、英吉利《エゲレス》、そして十二月の魯西亜と、今年だけで三つの異国と和親条約を結んだ。鎖国を「祖法」としてきたこの国が〝世界〟に編み込まれた。鯔《とど》のつまりは、清を祖父にとられたから学問吟味を受けただけの俺が、こんな大それたことに関わり合うとは想いもしなかった。

甲科及第を機に、俺は新しい路に踏み出すはずだったのである。

もともと学問吟味は幕臣の登用試験ではない。まして、次男坊だ。出仕は期待しにくいし、そして、なによりも俺が望んでいなかった。武家を目指さぬ俺にとって、学問吟味はいっときの空白を埋めるための手立てにすぎなかった。埋まったからには、また、新しい他のなにかを見つけなければならない。俺の頭は早々と、吟味の次、に回っていた。

それが、このように時局の矢面《やおもて》に立っているのは、いま仕えている対魯西亜交渉の全権、筒井政憲《つついまさのり》様ゆえと言っていい。

受けたときは皆目気づいちゃいなかったが、第十二回学問吟味は、それまでとはまったくちがう吟味となっていた。

まず、及第者の数が多かった。前回の第十一回が甲乙合わせ十三名、その前の第十回が八名であるのに対し、第十二回は三十名に上った。そして、及第者の多くが幕臣に登用された。学問吟味は幕臣の子弟が学問に励むための手掛かりから、人材発掘と登用の仕組みへと変わっていたのである。

この転換を主導したのが、みずからも享和《きようわ》三年吟味を首席で及第し、学問所で重きをなしていた筒井様だった。第十二回学問吟味があったその年、天保の御主法替えが不首尾に終わって、老中首座が水野越前守《みずのえちぜんのかみ》様から阿部伊勢守《あべいせのかみ》様に替わった。伊勢守様は筒井様と近しい。筒井様の推挙を受けて、伊勢守様が政権の要所に及第者を当てていったのである。南町奉行を二十一年務め上げて、名奉行の誉《ほまれ》も高いこの方の顔を見たのは海防掛に来てからだが、初めて会ったとき、俺は初対面という気がしなかった。

背景には阿片《あへん》戦争があった。海防絡みの御勤めに回って初めてわかったことだが、天保十年の九竜沖《きゆうりゆう》砲撃戦に始まり、十三年の南京《なんきん》条約で閉じたこの戦いは、強大な国であるはずの清《しん》の酷《ひど》い敗北で終わった。義は清にあったにもかかわらず、英吉利の理不尽な要求の数々を呑まなければならなかった。華夷秩序《かいちつじよ》の本家を受け継ぐ清にとって、異国との交わりは朝貢《ちようこう》しかありえず、それまで、国と国との対等の交わりを求める英吉利に門前払いを喰わせつづけてきたのだが、阿片戦争を機に平伏《ひれふ》す側に回った。列強は、亜細亜の遅れた国など、武力で恫喝《どうかつ》しさえすればどうとでもなることを覚えてしまったのである。清を跪《ひざまず》かせた艦隊が、次に、日本に舳先《へさき》を向けることは、当然、想定しておかなければならない。そのとき、旧来の三奉行の合議を軸とする布陣で対応していくのはあまりに無理がある。実務に強い、吏僚《りりよう》を厚くすることが急務となっていたのである。

「割には合わぬ御勤めだ」

今年七十七歳の、好々爺《こうこうや》にしか見えぬ老人は言った。

「開国を呑まなければ外から国を壊される。開国を呑めば内から国が割れる。どちらにしても、喝采は得られん。その腹積もりで、取り組んでくれ」

魯西亜全権のプチャーチンをも魅きつけた柔和な笑顔で言われると、己れの意思に反して召し出されてしまった憤懣《ふんまん》も、消えはしないものの小さくなった。老人は祖父と、似てもいた。この人の役に立つなら、やってみてもいいかと思えた。

祖父のほうは、八十三歳のいまも元気だ。

祖母も存命ではあるが、中風で、足の自由が利かなくなった。

つい先日、年の瀬の挨拶をするために久々に家を訪ねたのだが、庭先で祖父が寒気を突いて大工仕事をしていた。齢の割にはけっこう器用に金槌や鋸《のこぎり》を扱っている。でも、何なのかがわからない。台のようであり、小さな西洋椅子のようでもある。

「なんですか」と問うと、「いや、ま、台だ」と言っただけで、手を動かしつづける。濡れ縁に姿を現した兄に聞いても、「俺にも語らない」と言う。「出入りの大工が、お手伝いしましょうか、と持ちかけても、では、頼むとは言わなかった」。兄はいわゆる番入りで、父と共に勘定所の御用を勤めている。

そのうち出来上がったのだろう、小脇に抱えて手水へ向かった。

すぐに出てきたときは台はなかったから、手水へ置いてきたのだろう。

座敷へ戻って襖を閉めたが、見ているあいだに再び開き、祖母に肩を貸して、また手水へ向かう。

それで、わかった。

あれは、足が思うようにならない祖母の手水で用いるのだろう。

祖母が手水を遣うとき、祖父はあの台に座して、背後から祖母を抱き支えているのだろう。西洋椅子のように見えたのは、支えるときに肘《ひじ》を預ける板が付いていたためだ。きっと、以前から台なしで、そうしていたのかもしれない。けれど、八十三歳の老人が中腰で支えつづけるのは、甚《いた》くきつかっただろう。幾度か、支え切れなくて、ひっくり返ったことだってあるにちがいない。それで、座って支えられる台を考え出したのだろう。

兄に言うと、「そうか」とつぶやいてからつづけた。

「手水へ行くのも大儀なのだが、やはり、おまるは嫌《いや》なようだ。お祖母《ばあ》様だけの下女もつけたのだが、どうも、日に幾度となく遣う手水で他人の世話になるのは本意ではないようでな。俺の妻《さい》も駄目で、結局、祖父様ならということになった。しかし、あの台が、そのときに使うものとはな、迂闊《うかつ》にも気づかんかった」

そして、ふっと言葉を足した。

「そういうものなのかな、夫婦《めおと》とは」

唇を閉じたあとも、なにかを考えつづけている風だ。

兄の裡に、台が居残っている。

兄だけではない。

俺の裡にも台は居残った。

帰る路すがらも消えず、なんとはなしに、清《せい》が俺ではなく祖父を選んだわけに触ったような気がした。

そして、思った。

台を、俺の台にしよう、と。

老人が言ったように、いまの御勤めはなにをどうしても喝采は得られぬ。

是非を決めるのは結果のみだ。

評価は後世になって下されるのだろうが、その後世の評価にしても、どういう後世かによって、ころころと変わるのだろう。

定まったものはなにもない、ということだ。

ならば、己れで、揺るぎない軸を据えるしかない。

国とは別に、己れだけの軸を持つ。

台、でよいのではないか、と俺は思った。

少なくとも、あの台を己れの裡に棲まわせておけば、おかしなことにだけはなるまい。

老妻を背後から抱きかかえて手水を手伝う構えで、御勤めに励むのだ。

そうすれば、どんなに時局が動いても、教条《きょうじょう》を阿呆《あほ》と見る、いまの性分《しょうぶん》は守っていけるだろう。

俺は江戸者だ。

教条、振りかざして、しゃっちょこばる奴が大《でえ》っ嫌《きれ》えだ。

あいつらは教条に己れを丸投げして、てめえじゃあ、なあーんにも考えちゃいない。

台のひとつも、こさえてみやがれ。

いや、やっぱし、清は正しかったのだ。

文庫あとがき

常温の日常をどう生きていくか

青山文平

私は小説の書き手であるわけですが、読み手でもあります。書くための参考にするというのではなく、読みたいから読みます。

求めるのは、当たり前の日常をリアルに描いた小説です。ある日、突然、ありえないことが起きる、といった設定には手が伸びません。小説を書くようになる前から、ずっとそうです。

なにかすごいこと、想いも寄らないことが起きなくても、人は死なない限り、生きていかなければなりません。私は、ありえないことを待ち望んで、〝生きていかなければならない時間〟をやり過ごすのではなく、そっちの、言わば常温の時間を大事にしたい。けれど、その手がかりを手に入れるのは、けっして簡単ではありません。

それは、ふだんは、そんなものは無いかのように埋もれていて、なにか問題が起きたり、環境が変わったりしたときにふっと、自分を含めた人の言葉や振る舞いに浮かび出ます。気を留めていなければ気づきもしないし、気を留めて記憶してもいずれは消えてしまう。フラジャイルな生き物のようです。でも、そういう華奢《きゃしゃ》な生き物が、小説にだけは群生しています。言葉で綴られた常温の情景のなかならば、生きつづけることができるからです。だから、小説。それも、当たり前の日常をリアルに描いた小説なのです。

日本ではもう絶版になっているドイツのある本が、まさに私が希求する小説で、教えていただいた方へのお礼のメールに「常温の日常をどう生きていくかがＬＩＦＥ」と書いたことがありました。直ぐに返信メールが届き、そこには「そして、それを支えるのが文学」と記《しる》されていました。そうか、それが文学か、と、深く感じ入ったものです。


読みたい小説はそのまま書きたい小説に重なります。私は時代小説においても、常温の日常をリアルに描いた小説を書きたいと思っています。

ですから、私はこの『江戸染まぬ』という本が好きです。私はこれまで十五本の小説を出していますが、好きな順で言えば三本の指に入ります。基準はもちろん、常温の日常をリアルに描いているかどうか。時代小説の定型といえば、派手なゴールが最初に提示されていて、そのゴールに向かってまっしぐらというパターンで、『江戸染まぬ』はその真逆なのでしょうが、だからこそ、私は好きなのです。そういう意味で言えば、私は時代小説を書いているというよりも、江戸時代を舞台にした小説を書いているのでしょう。いわゆる時代小説の型は、まったく意識していません。

ならば、舞台を江戸時代に求めず、現代にすればよいではないか、という声が上がるかもしれません。でも、書き手としての私には、江戸時代でなければならない、いくつかの理由があるのです。なかでも、最も大きな理由は、当時の人々のリアルな日常が、史実として残っていることです。私は、そうした想いもよらない史実に触れ、人は本当にこんなことをするんだ、という感動に背中を押されて、指を動かしていきます。私が書いた物語の胚となっているのは、すべて史実です。私が頭のなかでこしらえたものではありません。たとえば、短編集としての『江戸染まぬ』を締め括っている『台』です。かつて下女に子をつくらせたことのある祖父が、後年、祖母が中風で足腰が不自由になったとき、みずから支えるための台を作って老いた妻の手洗いを介助する……『台』の核となっているこの話は、ある小禄の旗本が家の暮らしぶりを記した『官府御沙汰《かんぷごさた》略記《りやつき》』という日記に収められています。男尊女卑と括られる江戸時代に、こんなことが本当にあったのかと、私は甚《いた》く胸を揺さぶられました。そして、いつか小説にしたいと思い、『台』に結びついたのです。

むろん、『台』は日記のままではありません。時代も、登場人物も、台の話以外は、なにからなにまでちがいます。日記の台が、小説『台』になるためには、第十二回学問吟味をはじめとする別の史実が必要でした。さまざまな史実が出会い、交じり合って、『台』が生まれたのです。そのように、私の場合、物語は素材たちが綴ってゆきます。私は、こういう世界を描こうとして書く書き手ではなく、こういう素材をそろえたらどういう世界が立ち上がってくるのだろう、と思って書く書き手なのです。私の役割は、常温の日常をリアルに伝えている史実を探し集めること。そうすれば、あとは、素材たちが互いに引き寄せ合ったり、反発したりして、物語を組んでいきます。物語が勝手に、降りてくるのです。

もしも、台の話が史実でなく、私が頭で作った話だったとしたら、どうでしょうか。まず、書く気になれません。感動がないからです。私にとっては、創作のスターターがないことになります。繰り返しになりますが、私の背中を押すのは、人は本当にこんなことをするんだ、という感動です。

そこをなんとかして、たとえ書き終えたとしても、単なる読み物になって、常温の日常を生きていくための手がかりとなる小説、という自負を持つことはできないでしょう。つまりは、私は私の読みたい小説を書けないことになります。だから私は、江戸時代を舞台にしなければなりません。とにかく、素材との出会いがなければ、なにも動き出さないのです。

表題作である短編『江戸染まぬ』では、渡辺崋山《わたなべかざん》の『游相日記《ゆうそうにっき》』でした。田原《たはら》藩の家老でありながら、画家で蘭学者としても知られ、それがために、あの蛮社《ばんしゃ》の獄で切腹に追い込まれた渡辺崋山。その崋山が、かつて下屋敷で下女奉公をしていた銀《ぎん》という女性を訪ねるために、上屋敷のあった江戸の半蔵門《はんぞうもん》から相模《さがみ》国の高座郡《たかくらごおり》へ大山道《おおやまみち》を使って赴《おもむ》いたときの旅日記です。

中年になった銀は貧しい百姓の妻として土に塗《まみ》れる日々を送っていますが、下屋敷で下女をしていたとき、隠居となった元藩主の手が付いて男子を産んでいました。その男子の息子が後に田原藩最後の藩主となりますから、つまり、銀は殿様の祖母です。短編『江戸染まぬ』の構図と同一ではありませんが、かなりの部分が重なります。私はきっと、赤児と切り離されて里へ戻される銀の供をした下男が居たはずだと想い、犯罪の市場である中番屋《なかばんや》と結びつけて『江戸染まぬ』を書きました。

短編『江戸染まぬ』は後にさまざまな史実と結びついて長編『底惚れ《そこぼ》』を生み、直木賞を受賞したあとの道標となる中央公論文芸賞と柴田錬三郎賞に選ばれます。選考委員のお一人は、『底惚れ』を〝柄の大きい小説〟と評してくださいました。私は〝柄の大きさ〟を、〝普遍性の強さ〟と理解していますが、もしも、そうならば、その〝柄の大きさ〟は、短編『江戸染まぬ』が備えていたものです。

短編『江戸染まぬ』は長編『底惚れ』を生んだのであって、長編『底惚れ』となったわけではありません。短編『江戸染まぬ』と長編『底惚れ』は、いまも並立して成り立っている、別の物語です。短編『江戸染まぬ』は『俺』が芳《よし》への想いを貫いて長後《ちょうご》宿で果てる世界として在り、長編『底惚れ』は『俺』が生き延び、愛の力で成り上がる世界として在ります。今回、短編『江戸染まぬ』を読んでいただいた方は、物語が終わるべきところで終わっていることに気づいていただけたのではないかと思います。

史実を素材とする私の小説は、短編でも長編並に史実を使うので、長編を生みやすいと言えるかもしれません。最新の連作中編集『本売る日々』を読んでから、この短編集『江戸染まぬ』を開いていただいた方は、『本売る日々』のルーツが『町になかったもの』にあることを察せられたのではないでしょうか。

幾度となく書いていますが、とはいえ、素材を探し集めるのはタフです。厚くて重い専門書を積み上げて、なんの収穫もないのは当たり前のことです。書き手ですから書くことは喜びであり、根を詰めても苦痛には感じませんが、資料本の空振りつづきは砂を嚙むようで、かなり応《こた》えます。一年に、限りなく一に近い一、二本しか、本を出せない理由にもなっています。

その代わり、自分の頭だけで書くのとちがって、想ってもみなかった物語が収穫できます。発見がいっぱいあり、なんで、自分がそんな物語を書けたのかがわかりません。

それは、自分の知らぬ自分を発見することでもあります。幾つになっても、新しい自分と出会うことができるのはまさに醍醐味《だいごみ》で、きっと私は、なんのかんのと言いながら、このやり方をつづけていくのでしょう。

単行本　二〇二〇年十一月　文藝春秋刊

文春文庫

江《え》戸《ど》染《そ》まぬ

定価はカバーに
表示してあります

2023年8月10日　第1刷

著　者　青《あお》山《やま》文《ぶん》平《ぺい》
発行者　大沼貴之
発行所　株式会社 文藝春秋

東京都千代田区紀尾井町 3-23　〒102-8008
TEL　03・3265・1211㈹
文藝春秋ホームページ　http://www.bunshun.co.jp

落丁、乱丁本は、お手数ですが小社製作部宛お送り下さい。送料小社負担でお取替致します。

印刷製本・凸版印刷

Printed in Japan
ISBN978-4-16-792082-1

（　）内は解説者。品切の節はご容赦下さい。

あさのあつこ
火群《ほむら》のごとく
兄を殺された林弥は剣の稽古の日々を送るが、家老の息子・透馬と出会い、政争と陰謀に巻き込まれる。小舞藩を舞台に少年の友情と成長を描く、著者の新たな代表作。（北上次郎）
あ-43-12

青山文平
白樫の樹の下で
田沼意次の時代から清廉な松平定信の息苦しい時代への過渡期。いまだ人を斬ったことのない貧乏御家人が名刀を手にしたとき、何かが起きる。第18回松本清張賞受賞作。（島内景二）
あ-64-1

青山文平
つまをめとらば
去った女、逝った妻……瞼に浮かぶ、獰猛なまでに美しい女たちの面影は男を惑わせる。江戸の町に乱れ咲く、男と女の性と業。女という圧倒的リアル！　直木賞受賞作。（瀧井朝世）
あ-64-3

朝井まかて
銀の猫
嫁ぎ先を離縁され「介抱人」として稼ぐお咲。年寄りたちに人生を教わる一方で、妾奉公を繰り返し身勝手に生きてきた、自分の母親を許せない。江戸の介護を描く傑作長編。（秋山香乃）
あ-81-1

朝松　健
血と炎の京《みやこ》
私本・応仁の乱
応仁の乱は地獄の戦さだった。花の都は縦横に走る塹壕で切り刻まれ、唐土の殺戮兵器が唸る。戦場を走る復讐鬼・道賢と、救いを希う日野富子を描く書下ろし歴史伝奇。田中芳樹氏推薦。
あ-85-1

井上ひさし
手鎖心中
材木問屋の若旦那、栄次郎は、絵草紙の人気作者になりたいと願うあまり馬鹿馬鹿しい騒ぎを起こし……歌舞伎化もされた直木賞受賞作。表題作ほか「江戸の夕立ち」を収録。（中村勘三郎）
い-3-28

井上ひさし
東慶寺花だより
離縁を望み決死の覚悟で鎌倉の「駆け込み寺」へ——女たちの事情、強さと家族の絆を軽やかに描いて胸に迫る涙と笑いの時代連作集。著者が十年をかけて紡いだ遺作。（長部日出雄）
い-3-32

（　）内は解説者。品切の節はご容赦下さい。

池波正太郎
火の国の城（上下）
関ヶ原の戦いに死んだと思われていた忍者、丹波大介は雌伏五年、傷ついた青春の血を再びたぎらせる。家康の魔手から加藤清正を守る大介と女忍び於蝶の大活躍。（佐藤隆介）
い-4-78

池波正太郎
秘密
家老の子息を斬殺し、討手から身を隠して生きる片桐宗春。だが人の情けに触れ、医師として暮すうち、その心はある境地に達する——。最晩年の著者が描く時代物長篇。（里中哲彦）
い-4-95

池波正太郎
その男（全三冊）
杉虎之助は大川に身投げをしたところを謎の剣士に助けられる。こうして〝その男〟の波瀾の人生が幕を開けた——。幕末から明治へ、維新史の断面を見事に剔る長編。（奥山景布子）
い-4-131

稲葉　稔
武士の流儀（一）
元は風烈廻りの与力の清兵衛は、倅に家督を譲っての若隠居生活。平穏が一番の毎日だが、若い侍が斬りつけられる現場に居合わせたことで、遺された友の手助けをすることになり……。
い-91-12

伊東　潤
王になろうとした男
信長の大いなる夢にインスパイアされた家臣たち。毛利新助、原田直政、荒木村重、津田信澄、黒人の彌介。いつ寝首をかくか、かかれるかの時代の峻烈な生と死を描く短編集。（高橋英樹）
い-100-1

伊東　潤
天下人の茶
政治とともに世に出、政治によって抹殺された千利休。その高弟たちによって語られる秀吉との相克。弟子たちの生涯から利休の求めた理想の茶の湯とその死の真相に迫る。（橋本麻里）
い-100-2

宇江佐真理
幻の声　髪結い伊三次捕物余話
町方同心の下で働く伊三次は、事件を追って今日も東奔西走。江戸庶民のきめ細かな人間関係を描き、現代を感じさせる珠玉の五話。選考委員絶賛のオール讀物新人賞受賞作。（常盤新平）
う-11-1

（　）内は解説者。品切の節はご容赦下さい。

宇江佐真理
余寒の雪
女剣士として身を立てることを夢見る知佐は、江戸で何かを見つけることができるのか。武士から町人まで人情を細やかに描く七篇。中山義秀文学賞受賞の傑作時代小説集。（中村彰彦）
う-11-4

植松三十里
繭と絆
富岡製糸場ものがたり
日本で最初の近代工場の誕生には、幕軍・彰義隊の上野での負け戦が関わっていた。日本を支えた富岡には隠された幕軍側の哀しい事情があった。世界遺産・富岡製糸場の誕生秘話。（田牧大和）
う-26-2

上田秀人
奏者番陰記録
遠謀
奏者番に取り立てられた水野備後守はさらなる出世を目指し、松平伊豆守に服従する。そんな折、由井正雪の乱が起こり、備後守はその裏にある驚くべき陰謀に巻き込まれていく。
う-34-1

冲方　丁
剣樹抄
父を殺され天涯孤独の了助は、若き水戸光國と出会う。異能の子どもたちを集めた幕府の隠密組織に加わり、江戸に火を放つ闇の組織を追う！　傑作時代エンターテインメント。（佐野元彦）
う-36-2

海老沢泰久
無用庵隠居修行
出世に汲々とする武士たちに嫌気が差した直参旗本・日向半兵衛は「無用庵」で隠居暮らしを始めるが、彼の腕を見込んで、難事件が次々と持ち込まれる。涙と笑いありの痛快時代小説。
え-4-15

逢坂　剛・中　一弥　画
平蔵の首
深編笠を深くかぶり決して正体を見せぬ平蔵。その豪腕におののきながらも不逞に暗躍する盗賊たち。まったく新しくハードボイルドに蘇った長谷川平蔵もの六編。（対談・佐々木　譲）
お-13-16

逢坂　剛・中　一弥　画
平蔵狩り
父だという「本所のへいぞう」を探すために、京から下ってきた女絵師。この女は平蔵の娘なのか。ハードボイルドの調べで描く、新たなる鬼平の貌。吉川英治文学賞受賞。（対談・諸田玲子）
お-13-17

（　）内は解説者。品切の節はご容赦下さい。

乙川優三郎
生きる
亡き藩主への忠誠を示す「追腹」を禁じられ、白眼視されながら生き続ける初老の武士。懊悩の果てに得る人間の強さを格調高く描いた感動の直木賞受賞作など、全三篇を収録。（縄田一男）
お-27-2

奥山景布子
葵の残葉
尾張徳川の分家筋・高須に生まれた四兄弟はやがて尾張、一橋、会津、桑名を継いで維新と佐幕で対立する。歴史と家族の情が絡み合うもうひとつの幕末維新の物語。（内藤麻里子）
お-63-2

奥山景布子
音わざ吹き寄せ
音四郎稽古屋手控
元吉原に住む役者上がりの音四郎と妹お久。町衆に長唄を教えているが、怪我がもとで舞台を去った兄の事情を妹はまだ知らない。その上兄には人に明かせない秘密が……。（吉崎典子）
お-63-3

大島真寿美
渦
妹背山婦女庭訓　魂結び
浄瑠璃作者・近松半二の生涯に、虚と実が混ざりあい物語が生まれる様を、圧倒的熱量と義太夫の如き心地よい大阪弁で描く。史上初の直木賞&高校生直木賞W受賞作！（豊竹呂太夫）
お-73-2

海音寺潮五郎
加藤清正
（上下）
文治派石田三成、小西行長との宿命的な確執、大恩ある豊家危急存亡の苦悩——英雄豪傑の象徴のように伝えられるこの武将の鎧の内にあった人間の素顔を剔抉する傑作歴史長篇。
か-2-19

海音寺潮五郎
天と地と
（全三冊）
戦国史上最も戦巧者であり、いまなお語り継がれる武将・上杉謙信。遠国の越後でなければ天下を取ったといわれた男の半生と、宿敵・武田信玄との数度に亘る川中島の合戦を活写する。
か-2-43

加藤　廣
信長の棺
（上下）
消えた信長の遺骸、秀吉の中国大返し、桶狭間山の秘策——。丹波を訪れた太田牛一は、阿弥陀寺、本能寺、丹波を結ぶ〝闇の真相〟を知る。傑作長篇歴史ミステリー。（縄田一男）
か-39-1

（　）内は解説者。品切の節はご容赦下さい。

加藤　廣
秀吉の枷　（全三冊）
「覇王（信長）を討つべし！」竹中半兵衛が秀吉に授けた天下取りの秘策。異能集団〈山の民〉を伴い天下統一を成し遂げ、そして病に倒れるまでを描く加藤版「太閤記」。（雨宮由希夫）
か-39-3

加藤　廣
明智左馬助の恋　（上下）
秀吉との出世争い、信長の横暴に耐える主君光秀を支える忠臣左馬助の胸にはある一途な決意があった。大ベストセラーとなった『信長の棺』『秀吉の枷』に続く本能寺三部作完結篇。
か-39-6

風野真知雄
耳袋秘帖
眠れない凶四郎（一）
妻が池の端の出合い茶屋で何者かに惨殺された。その現場に立ち会って以来南町奉行所の同心、土久呂凶四郎は不眠症に。見かねた奉行の根岸は彼を夜専門の定町回りに任命。江戸の闇を探る！
か-46-38

風野真知雄
耳袋秘帖
南町奉行と大凶寺
深川にある題経寺は正月におみくじを引いたら大凶ばかり、檀家は落ち目になり、墓をつくれば死人が化けて出る。近所の商人から相談された根岸も、さほどの事とは思わなかったのだが。
か-46-43

門井慶喜
ゆけ、おりょう
「世話のやける弟」のような男・坂本龍馬と結婚したおりょうは、酒を浴びるほど飲み、勝海舟と舌戦し、夫と共に軍艦に乗り長崎へ馬関へ！　自立した魂が輝く傑作長編。（小日向えり）
か-48-7

梶　よう子
一朝の夢
朝顔栽培だけが生きがいで、荒っぽいことには無縁の同心・中根興三郎は、ある武家と知り合ったことから思いもよらぬ形で幕末の政情に巻き込まれる。松本清張賞受賞。（細谷正充）
か-54-1

梶　よう子
赤い風
原野を二年で畑地にせよ——。川越藩主柳沢吉保は前代未聞の命を下す。だが武士と百姓は反目し合い計画は進まない。身分を超え、未曾有の大事業を成し遂げられるのか。（福留真紀）
か-54-4

（　）内は解説者。品切の節はご容赦下さい。

川越宗一
天地に燦たり
なぜ人は争い続けるのか――。日本、朝鮮、琉球。東アジア三か国を舞台に、侵略する者、される者それぞれの矜持を見事に描き切った歴史小説。第25回松本清張賞受賞作。（川田未穂）
か-80-1

北方謙三
杖下《じようか》に死す
剣豪・光武利之が、私塾を主宰する大塩平八郎の息子、格之助と出会ったとき、物語は動き始める。幕末前夜の商都・大坂を舞台に至高の剣と男の友情を描ききった歴史小説。（末國善己）
き-7-10

木内　昇《のぼり》
茗荷谷の猫
茗荷谷の家で絵を描きあぐねる主婦。染井吉野を造った植木職人。画期的な黒焼を生み出さんとする若者。幕末から昭和にかけ各々の生を燃焼させた人々の痕跡を掬う名篇9作。（春日武彦）
き-33-1

木下昌輝
宇喜多の捨て嫁
戦国時代末期の備前国で宇喜多直家は、権謀術策を縦横無尽に駆使し、下克上の名をほしいままに成り上がっていった。腐臭漂う、希に見る傑作ピカレスク歴史小説遂に見参！
き-44-1

木下昌輝
人魚ノ肉
八百比丘尼伝説が新撰組に降臨！　人魚の肉を食べた者は不老不死になるというが……舞台は幕末京都、坂本竜馬、沖田総司、斎藤一らを襲う不吉な最期。奇想の新撰組異聞。（島内景二）
き-44-2

堺屋太一
豊臣秀長
ある補佐役の生涯（上下）
豊臣秀吉の弟秀長は常に脇役に徹したまれにみる有能な補佐役であった。激動の戦国時代にあって天下人にのし上がる秀吉を支えた男の生涯を描いた異色の歴史長篇。（小林陽太郎）
さ-1-14

早乙女　貢
明智光秀
明智光秀は死なず！　山崎の合戦で生き延びた光秀は姿を僧侶に変え、いつしか徳川家康の側近として暗躍し、二人三脚で豊臣家を滅ぼし、幕府を開くのであった！（縄田一男）
さ-5-25

文春文庫　最新刊

二枚の絵 柳橋の桜（三）　佐伯泰英
舞台は長崎そして異国へ…女船頭・桜子の物語第3弾！

凍結事案捜査班《コールドケース》 **時の呪縛**　麻見和史
警視庁のはぐれもの集団が30年前の殺人の真相に迫る！

耳袋秘帖 **南町奉行と幽霊心中**　風野真知雄
美男美女のあり得ない心中は、幽霊の仕業か化け物か…

父《おや》子《こ》船《ぶね》 仕立屋お竜　岡本さとる
昔惚れた女の背後にある悲しい過去…シリーズ第4弾！

助太刀のあと 素浪人始末記（一）　小杉健治
仇討ちの助太刀で名を馳せた男。しかし彼にある試練が

二百十番館にようこそ　加納朋子
ゲーム三昧のニートが離島でシェアハウスをする事に？

江戸染まぬ　青山文平
人生を必死に泳ぐ男と女を鮮やかに描き出す傑作短篇集

善医の罪　久坂部羊
食い違うカルテ。女医は患者殺しの悪魔と疑われるが…

おれたちの歌をうたえ　呉勝浩
元刑事とチンピラが、暗号をもとに友人の死の謎に迫る

盲剣楼奇譚　島田荘司
美しい剣士の幽霊画に隠された謎の連鎖に吉敷が挑む！

観月 消された「第一容疑者」　麻生幾
平穏な街で起きた殺人事件はやがて巨大な陰謀に繋がる

怪談和尚の京都怪奇譚 妖幻の間篇　三木大雲
京都・蓮久寺住職が語る怪談×説法！　シリーズ第6弾

薬物依存症の日々　清原和博
希代のスラッガーが薬物、うつ病、家族との日々を語る

はじめは駄馬のごとく ナンバー2の人間学〈新装版〉　永井路子
義時、義経…英雄の陰に隠れたナンバー2の生き方とは

忘れながら生きる 群ようこの読書日記　群ようこ
膨大な本に囲まれて猫と暮らす、のほほん読書エッセイ